Joel Haahtela

Sehnsucht nach Elena

PIPER

Zu diesem Buch

»Dann sah ich sie im Licht des Morgens, hörte ihre Schritte auf dem Pflaster. Es kam mir vor, als würde ich sie ewig kennen, mein ganzes Leben.« In einem Park sieht er die schöne, junge Frau zum ersten Mal. Durch einen Zufall gelangt eines ihrer Bücher in seinen Besitz, in dem ihr Name steht: Elena. Er fühlt sich ihr verbunden, möchte sie hören, riechen und fühlen. Vielleicht wollte das Schicksal es, dass sie in sein Leben tritt – die Begegnung mit ihr lässt ihn von einer fatalen Entscheidung Abstand nehmen. Jeden Tag wartet er unter den Kastanien im Park auf ihr Kommen, freut sich auf ihr Lächeln, ihren Gang. Doch eines Tages wartet er vergeblich auf Elena. Und entschließt sich, sie zu suchen. Es wird eine Reise zu ihr und an den Ursprung einer verzweifelten Sehnsucht. – Nach seinem federleichten Roman »Der Schmetterlingssammler« erzählt der Finne Joel Haahtela auch in seinem neuen Buch von der unerträglichen Leichtigkeit der Liebe. Sein Roman kreist dabei um Erinnerung und Glück, Zufall und Bestimmung.

Joel Haahtela, geboren 1972, lebt als Schriftsteller und Psychiater mit seiner Familie in der Nähe von Helsinki. Seine bislang fünf Romane wurden für den Runeberg-Preis und den renommierten Finlandia-Preis nominiert. Leser und Kritiker begeisterte an seinem ersten Roman »Der Schmetterlingssammler« vor allem seine Poesie und Leichtigkeit. Zuletzt erschien auf Deutsch »Sehnsucht nach Elena«.

Joel Haahtela

Sehnsucht nach Elena

Roman

Aus dem Finnischen von
Sandra Doyen

Piper München Zürich

Mehr über unsere Autoren und Bücher:
www.piper.de

Von Joel Haahtela liegen bei Piper vor:
Der Schmetterlingssammler
Sehnsucht nach Elena

Die Übersetzung wurde von FILI, Finish Literature Information Centre, gefördert.

Ungekürzte Taschenbuchausgabe
Juni 2010

Titel der finnischen Originalausgabe:
»Elena«, Otava Verlag, Helsinki 2003

Umschlagkonzeption: semper smile, München
Umschlaggestaltung: Cornelia Niere, München
Umschlagabbildungen: Getty Images
Autorenfoto: Otava / Jukka Mykkänen
Satz: Satz für Satz. Babara Reischmann, Leutkirch
Papier: Munken Print von Arctic Paper Munkedals AB, Schweden
Druck und Bindung: CPI – Clausen & Bosse, Leck
Printed in Germany ISBN 978-3-492-25890-6

Für den einbeinigen Araber, der am 20. April 2002
in der U-Bahn-Station Louvre-Rivoli sang.
An jenem Tag entstand diese Geschichte.

Wer weiß etwas über ihn?

Erster Teil: Der Park

1

Gleich kommt sie. Noch kann ich sie nicht sehen, höre aber beinah ihre Schritte. Sie hallen über das Pflaster, kurz bevor der Sand ihr Echo schluckt. Immer auf die gleiche Weise, immer überraschend. Als käme sie aus dem Nichts.

Auch gestern saß ich hier, genau wie am Tag zuvor. Sie nimmt mich kaum wahr, obwohl der Park zu dieser Morgenstunde menschenleer ist. Die Bank steht etwas abseits unter einer Kastanie. An windigen Tagen streifen die Blätter manchmal mein Gesicht. Jetzt im Frühling lässt der Baum seine Blüten fallen, und sie hinterlassen auf der Sitzfläche einen klebrigen Film.

Ich bin nie zu spät. Sie mitunter schon. Dann werde ich unruhig, und meine Gedanken irren umher. Ich fürchte, sie könnte nie mehr kommen. Meine Sorge ist grundlos, doch ich kann nicht anders. Manchmal neige ich dazu, alles viel zu endgültig zu sehen.

Da ist sie. Ihre flinken Schritte klingen von der Straße

wider, sie hat es eilig. Ich schaue auf die Uhr: fünf nach acht. An diesem kalten Morgen hat sie sich in einen Schal gehüllt, der im Wind weht. Sie ist recht groß, ihr Haar ist dunkel, und ihr Gesicht noch blass vom Winter. Ganz in Gedanken scheint sie die Pfütze vor sich nicht zu bemerken. Auch den Himmel nicht, über den nach dem Regen schnelle Wolken ziehen. Ich bin mir sicher, dass sie mich nicht sieht. Seltsam – wie die Menschen aneinander vorübergehen und die Blätter der Kastanien Schatten auf ihre Gesichter werfen.

Ich schaue zu, wie sie den Platz überquert. Reglos. Der Mantel reicht ihr bis knapp über die Knie, darunter blitzt ein Rock hervor. Etwas belustigt sie, bringt sie zum Schmunzeln. Ihr Lächeln gefällt mir, obwohl es mich auch verstört. Es steht zwischen uns, vergrößert die Entfernung. Vielleicht lacht sie über eine Begebenheit von heute Früh. Vielleicht erwartet sie etwas. Ich warte nur auf sie.

2

Aus meinem Fenster blickt man auf einen Garten. Eigentlich ist es ein Innenhof, aber ich nenne ihn so, weil seine Bäume bis an die Balkone im ersten Stock reichen und Efeu die Mauer hinaufklettert. Die Sträucher sind verwildert, und das Gras ist kniehoch gewachsen. Die Mauer hat ein Eisentor, durch das niemand geht und das seit Jahren verschlossen ist.

Auf dem Fensterbrett steht eine Glasvase, daneben liegt getrocknetes Obst. In der Vase ist Wasser, in dem sich die Farben des Raumes spiegeln. Vom Fensterrahmen blättert der Lack, das Gebäude ist uralt. Ich weiß nicht einmal, wie alt es ist. Seine Mauern umgeben den Garten, treffen auf andere Wände und Höfe, und von außen wirkt es, als wäre das Haus nur Stein und Eisen.

Auf der anderen Straßenseite befindet sich ein Park. Nicht der, in dem ich auf sie warte, sondern einer, durch den die Straßenbahn fährt. Abends schlagen ihre

Leitungen Funken. Wenn man einsteigt, gelangt man zum Markt, und wenn man über den Markt geht, zum Bahnhof. Von dort aus fahren die Züge nach Westen und Süden – dorthin zieht es die Leute: westwärts und südwärts.

Zu Hause hänge ich meine Jacke an den Nagel im Flur, lese Zeitung, koche Tee. Es ist später Nachmittag, im Garten herrscht schon Dämmerlicht. Um diese Stunde sinkt die Sonne hinter das Gebäude gegenüber und zeichnet eine gleitende Grenze an die Wand. Ich lege meine Hände fest um die Teetasse und spüre ihre Wärme; mustere die Tür, hinter der das leere Zimmer liegt. Bis morgen bleibt es noch kalt, doch zum Ende der Woche soll der Wind von Nord auf Ost drehen.

3

Vor drei Monaten begegnete ich ihr zum ersten Mal. Es war der zwölfte Januar. Ich habe den Tag in meinem Wandkalender schwarz markiert. Dort steht schlicht und einfach: *Heute habe ich sie gesehen.*

Normalerweise ist es gar nicht meine Strecke. Meistens fahre ich nördlich vom Stadtzentrum los, am Busdepot entlang, an der Sternwarte und dem Gemüsehändler vorbei. Direkt vor meinem Haus steige ich in die Straßenbahn und an der siebten Haltestelle wieder aus. Warum ich an diesem Tag nur fünf Stationen fuhr, weiß ich nicht. Ich habe vergeblich nach einer Erklärung gesucht. Vielleicht war es einfach ein Versehen.

Der Tag brach gerade an, und es war noch dunkel, als mir auf dem Weg durch den Park eine Frau entgegenkam. Ich sah ihr ins Gesicht, doch ihr Blick war in Richtung Himmel abgewandt. Nachdem wir aneinander vorbeigegangen waren, blieb ich stehen und drehte mich um. Ich stand dort eine ganze Weile, auch wenn sie schon lange nicht mehr da war.

Am nächsten Morgen stieg ich an der fünften Haltestelle aus und spazierte durch den Park. Ich drehte etliche Runden und war mir bereits sicher, dass sie nicht kommen würde. Vielleicht hatte sie sich am Tag zuvor geirrt, so wie ich, oder war nur auf der Durchreise in der Stadt. Viele Menschen habe ich nur einmal getroffen und danach nie wieder.

Dann sah ich sie im Licht des Morgens, hörte ihre Schritte auf dem Pflaster. Es kam mir vor, als würde ich sie ewig kennen, mein ganzes Leben – auch wenn das natürlich übertrieben war. Ich ging an der Frau vorbei und atmete ihren Geruch ein. Als wir uns ganz nah waren, hätte ich meine Hand ausstrecken und sie berühren können. Doch ich lief weiter und drehte mich erst später um: wiegende Hüften und in Gürtelhöhe eine Tasche, die sanft gegen ihre Taille schlug.

Am Tag darauf ging ich ihr nicht entgegen. Ich setzte mich früh auf die Bank, in den Schutz der Kastanie, die im Januar noch ohne Blätter war. Der Wind rauschte durch die blanken Zweige, und der Regen hatte die Steine nass zurückgelassen.

4

Heute ist meine Uhr kaputtgegangen, und ich muss mir eine neue kaufen. Am anderen Ende der Stadt ist ein gutes Geschäft, gleich neben der Schuhfabrik. Dort gibt es alte Uhren zu günstigen Preisen. An- und Verkauf. Der Inhaber hat eine kurzsichtige Frau mit kleinen Händen und behauptet immer, diese Eigenschaften seien gut für einen Uhrmacher, aber schlecht für eine Ehefrau.

Mit dem Fahrrad radle ich am Busdepot, an der Sternwarte und am Gemüseladen vorbei, kürze an einer Straßenecke ab und muss einen kleinen Hügel hinauf schieben. Von oben reicht der Blick über Ziegeldächer und Schornsteine bis an die Stadtgrenze. Die Häuser ragen wie Kulissen empor, deren Silhouetten ein Stück vom Himmel ausschneiden. Auf der Kuppe mache ich kurz halt, bis mein Atem gleichmäßig geht. Dann schwinge ich mich wieder aufs Rad und sause den Hügel hinunter. Der Wind fährt mir in die Haare, und ich lasse lärmende Kinder mit Zöpfen und verschrammten Fingern hinter mir zurück.

Der Verkäufer zeigt mir eine moderne Uhr, die ich nicht haben will. Ich möchte eine, die mechanisch läuft. Er rechnet mir vor, dass das Aufziehen alle zwei Tage zehn Sekunden in Anspruch nimmt; im Jahr macht das tausendfünfhundert Sekunden, in zehn Jahren schon fünf Stunden. Nur für das Zwirbeln an der Armbanduhr, sagt er und schüttelt den Kopf. Ich bin anderer Meinung. Eine alte Uhr zu kaufen bedeutet, sich der Vergänglichkeit bewusst zu sein. Sonst könnte man glauben, alles ginge ewig weiter, und nichts würde sich jemals ändern.

Als ich zurückkomme, brauen sich Wolken am Himmel zusammen, und es beginnt zu regnen. Große Tropfen trommeln auf das Fensterbrett, bleiben funkelnd an der Scheibe hängen. Merkwürdig, wie launisch der Winter in diesen Tagen mit dem Frühling ringt. Es ist wie ein Übergangszustand, in dem sich niemand wohlfühlt und keiner so recht weiß, in welche Richtung er gehen soll.

5

Ich weiß, wohin ihr Weg sie führt: Sie geht durch den Park, am Springbrunnen vorbei und durch die Pforte hinaus auf eine Allee mit Weißdornbäumen. Am Ende der Straße steht eine Kirche, auf die sie zusteuert, während die Turmuhr halb neun schlägt. Vor der Kirche biegt sie rechts zum Markt ab. Dort befindet sich die Universität mit ihrer Säulenreihe, durch die hindurch sie im Gebäude verschwindet.

Auch ich habe diese Hochschule besucht, aber nie einen Abschluss gemacht. Mein Vater wollte, dass ich weiterstudiere, doch ich hatte anderes im Sinn. Meine Mutter teilte die Ansicht ihres Mannes; was sie wirklich dachte, weiß ich nicht. Sie vertrat oft seine Meinung, obwohl ich mir sicher war, dass die Sache anders lag.

Ich weiß, wohin sie geht, aber nicht, woher sie kommt. Sie muss in der Nähe wohnen, sonst würde sie die Bahn nehmen. Ich weiß auch nicht, wann sie zurückkommt. Manchmal wird es spät, einmal sah ich sie in der letzten Straßenbahn. Sie starrte aus dem Fenster, ihr Gesicht spiegelte sich im Glas. Die ganze Fahrt hindurch betrachtete ich sie – bis sie ausstieg und in der Dunkelheit verschwand.

Heute ist sie spät dran, ich muss lange warten. Es gibt auch Tage, an denen sie gar nicht kommt. Eine Dame mit Pudel durchquert den Park und schaut mich kurz an. Im Baum sitzen Dohlen, es ist still und heller als gestern. Bald wird alles voller Blätter sein. Ich bleibe noch eine halbe Stunde, auch wenn mir klar ist, dass sie heute nicht kommen wird. Als die Uhr neun schlägt, gehe ich in Richtung Ausgang. Einmal drehe ich mich noch um, doch es ist niemand zu sehen.

6

In der Stadt fand heute eine Demonstration statt. Ich meinte, ihr Gesicht in der Menge auszumachen, aber vielleicht täuschte ich mich auch. Es waren Fabrikarbeiter, die mit Streik drohten. Sie klagten lautstark über den Staub in ihren Lungen, der sie krank macht. Die Polizei stand daneben und war ganz ihrer Meinung. Viele der Männer sahen fahl und angeschlagen aus.

Am Nachmittag löste der Zug sich auf, die meisten Teilnehmer gingen nach Hause zu ihren Frauen. Andere kehrten in den Cafés am Markt ein. Sie hatten eigene Flaschen dabei, aus denen sie die Gläser füllten. Sie grölten und betranken sich. Einer rannte quer über den Platz und bedrängte eine Passantin. Die Polizei packte ihn unter den Achseln und schob ihn in einen schwarzen Wagen.

Die Frau aus der Menge, die ihr ähnlich gesehen hatte, sah ich nicht mehr wieder. Trotzdem blieb ich lange sitzen und machte mich erst spät am Abend auf den Heimweg. Überall funkelten die Lichter der Stadt, und von der Straßenbahn aus sah ich die Treppe, die zur Brücke hinaufführt. Letzte Woche las ich in der Zeitung von einem Mann, der sich dort hinuntergestürzt hatte. In seiner Tasche steckte ein Brief für seine Frau, doch die Tinte war verlaufen und die Schrift nicht mehr zu entziffern.

7

Als ich ein Kind war, erzählte meine Mutter mir von einer Frau, die auf einem weißen Pferd ritt. Eigentlich ritt sie nicht, sondern saß reglos auf dem Rücken des Tieres. In der Hand hielt sie eine weiße Fahne, ihr dunkles Haar wehte im Wind. Auch die Fahne flatterte und war von sehr reinem Weiß. Als ich wissen wollte, was sie machte, schüttelte meine Mutter den Kopf: nichts, sie stand nur im Wind und wartete. Ich fragte, worauf sie wartete, doch meine Mutter hatte darauf keine Antwort. Alles, was sie mir sagen konnte, war, dass die Frau etwas wusste, das wir nicht wussten.

Manchmal träume ich von dieser Reiterin. Sie steht in der Landschaft, die meine Mutter sich ausgedacht hat. Im Hintergrund sind Bäume, aber ich erkenne keine Farben, nur Schwarz und Weiß. Was weiß diese Frau, und worauf wartet sie? Oder trauert sie um etwas?

Heute Nacht kann ich nicht schlafen. Ich stehe auf und gehe ins Nebenzimmer, in der Dunkelheit knarrt und knirscht der Boden unter meinen Füßen. Mit einem Glas Zitronensaft setze ich mich ans Fenster. Draußen regnet es, durch einen Spalt zwischen den Vorhängen dringt Licht. Der Garten liegt im Dunkeln, nur eine einzelne Lampe beleuchtet die Mauer. Laubwerk versperrt die Sicht durch die Baumkronen, doch darüber hellt sich ein Stück vom Himmel auf. Der Apfel auf der Fensterbank ist verschrumpelt. Der Saft ist herb, seine Säure prickelt am Gaumen. Über mir poltert es. Die Frau, die dort wohnt, wacht immer um diese Zeit auf. Sie behauptet, schon fünfzig Jahre nicht mehr durchgeschlafen zu haben. Seitdem sie den Ausbruch des Krieges miterlebt hat.

Später spüre ich das Laken an der Wange, das Rauschen des Regens hat aufgehört. Ich lausche der Stille und nicke kurz ein. Im Traum ist sie mir näher, doch als ich aufwache, bin ich wieder allein. Auf meiner Zunge liegt der saure Geschmack der Zitrone.

8

Heute sehe ich sie schon zum zweiten Mal. Morgens lief sie an mir vorbei, jetzt sitzt sie am Marktplatz und liest. Es ist ein warmer Tag, und die Sonne erhellt ihr Gesicht. Sie trägt die Winterjacke offen, der Hals liegt frei, kein Schmuck. Nur weiße Haut.

Wie sie so zwischen den Säulen sitzt, die Füße im Schatten, sehe ich an ihr Dinge, die mir aus weiter Ferne in Erinnerung kommen. Vielleicht ist es ihre Haltung oder die Art, wie sie sich auf die Hand stützt, den Blick vom Buch in den Himmel wandern lässt. All das ist vertraut und schmerzhaft zugleich – die Bewegung ihrer Arme, das bedächtige Umblättern der Seiten.

Plötzlich leuchten ihre Augen auf, sie ruft jemandem etwas zu. Am Rande des Platzes entdecke ich eine winkende Frau. Sie legt ihre Lektüre auf die Stufen und läuft der Frau entgegen, beinahe wäre sie gestürzt. Was sie sagen, kann ich nicht hören, aber ich sehe ihre Gesichter, die Wiedersehensfreude. Sie lachen und umarmen sich.

Ich stehe mitten im Getümmel, jemand rempelt mich an. Ich stolpere und starre auf das Buch, das auf der Treppe liegen geblieben ist. Die beiden sind noch einmal kurz zu sehen, bevor sie in der Menge verschwinden. Einen Augenblick warte ich noch, dann gehe ich auf das Buch zu, das niemand beachtet, und nehme es an mich. Ich schaue mich um. *Der Idiot.* Teil eins. Von F. M. Dostojewski. Auf der Innenseite steht:

Elena

Ihr Name. Ich habe oft überlegt, wie sie heißen könnte, doch auf Elena wäre ich nie gekommen. Der Wind schlägt ein paar Seiten um, und ich schaue eine Weile zum Kirchturm hinüber. Scharen von Vögeln umkreisen ihn; sie drehen eine Runde und kehren zu ihrem Ausgangspunkt zurück, als sei ihre Bahn vorherbestimmt.

9

Ich weiß fast nichts über sie. Jetzt kenne ich ihren Namen. *Elena.* Ich weiß, wie sie geht und wie sie sich kleidet. Ich habe ihr Gesicht gesehen, das die Welt zu einem besseren Ort macht. Sie hat eine gerade Nase, mit einer ganz leichten Krümmung vielleicht, und ausgeprägte Ohrläppchen. Sie wird kaum älter als fünfundzwanzig sein.

Ich denke mir ein Leben für Elena aus: Ihre Eltern wohnen in einer anderen Stadt, sie hat eine Schwester oder einen Bruder. Sie lebt allein, ist unordentlich. In ihrem Zimmer stehen Blumen, die zweimal wöchentlich Wasser brauchen. Sie lehnt an der Fensterbank und überlegt sich, wen sie heute Abend anrufen soll. Dostojewski langweilt sie – sonst hätte sie das Buch nicht auf der Treppe liegen lassen.

Doch nichts davon ist wahr. Elena ist eine andere, die ich überhaupt nicht kenne. Sie hat Geheimnisse, von denen niemand etwas weiß. Woher hat sie ihr Lächeln? Wofür schämt sie sich? Wen hat sie geliebt?

Das Buch liegt auf dem Küchentisch, ich habe Tee darauf verschüttet. Immer wieder lese ich ihren Namen, der mit Bleistift geschrieben ist, in durchscheinenden, zarten Buchstaben. Ich fürchte, sie könnten sich auflösen. Durch ihren Namen ist sie anwesend, mir näher – als wäre sie gerade aufgestanden und in ein anderes Zimmer gegangen. Beinahe höre ich ihre Stimme, ihre vorsichtigen Schritte auf dem Holzfußboden. Die Teetasse ist halbleer, und das Klirren des Löffels hängt wie ein Echo in der Luft.

10

Ich nehme die Straßenbahn, steige an der siebten Haltestelle aus und gehe am Busdepot, an der Sternwarte und am Gemüsehändler vorbei. Die Post liegt auf der anderen Straßenseite. Es dauert lange, bis ich die Fahrbahn überqueren kann. Die Autos fahren in beide Richtungen und halten nicht an, auch wenn mich sicher alle Fahrer sehen.

In der Post hat sich eine lange Schlange gebildet. Der Mann hinter dem Schalter lässt sich nicht aus der Ruhe bringen. Eine Kundin ruft, sie müsse schnell zum Friseur. Er schüttelt nur wortlos den Kopf. Wenn ich nicht pünktlich beim Friseur bin, komme ich zu spät ins Theater und verpasse meine Verabredung, regt sie sich auf. Der Postmann poltert zurück: Wenn ich einem nachgebe, steht schon der Nächste da, dann der Übernächste und so weiter, in alle Ewigkeit. Ein Herr ist an der Reihe und dreht sich zur zeternden Dame um. Sie mustern sich einen Augenblick, und sie wird rot. Da lächelt er, und sie zuckt leicht zusammen. Ja. Oft meinen wir, den Lauf der Dinge zu kennen – bis plötzlich irgendetwas alles auf den Kopf stellt.

Später gehe ich in ein Café, das auf meinem Heimweg liegt. Ich setze mich an einen Fenstertisch und lausche der Musik aus dem Radio. Die Bedienung gefällt mir, ich mag ihre Stimme. Sie steckt sich die Haare immer zum Knoten zusammen, aber einmal habe ich sie offen gesehen. Kaffee oder Tee? Ich bestelle Tee, und die Kellnerin nickt. Dabei rutschen ein paar Strähnen aus der Frisur und fallen ihr ins Gesicht.

Ich schaue eine Weile aus dem Fenster und wieder zurück zur Bedienung. Sie lächelt. Wohin sie wohl geht, wenn sie das Café geschlossen hat? Sie ist nie vor Mitternacht zu Hause. Zwischen zwei Vorhängen hindurch ist ein Stück Bücherbord zu sehen. Eine Fotoreihe zeigt Menschen auf Urlaubsreisen oder in ihrer Kindheit, die lange zurückliegt. Darunter ist auch ein Bild des Mannes, der nachts ihre Haare löst.

11

In dieser Stadt kann man sich einsam fühlen. Wer sich irgendwo hineinsetzt und keinen kennt, wird in Ruhe gelassen. Die Leute fragen nicht, wer du bist oder wohin du gehst. Sie sind mit sich selbst beschäftigt und verstecken sich hinter ihren Gläsern. Trotzdem mag ich die Stadt mit ihren Pflastersteinen. Die Straßenecken und den Fluss, der an ihr vorüberfließt. Es gibt eiserne Tore, um die sich Rosen ranken. Mitten auf dem Markt steht eine Kirche mit Gewölben, über deren Höhe man nur staunen kann. Im Sommer ist es drinnen kühl, und die Bänke riechen nach Buchenholz. Tritt man hinaus, blendet das Licht, und es dauert eine Weile, bis die Augen sich wieder an die Helligkeit gewöhnen. Die Winter hier sind kalt und die Dächer oft mit Schnee bedeckt.

12

Ich stelle mir den Abend so vor: Elena steht mit einigen Fremden am anderen Ende des Zimmers. Sie lachen, die Gläser klirren. Als ich den Raum betrete, sehe ich nur sie. Die anderen Gesichter sind völlig gleichgültig. Ihr tailliertes Kleid reicht bis zum Boden und hat einen tiefen Rückenausschnitt.

Einmal schaut Elena zu mir herüber. Zufällig. Sie sieht mich ein zweites Mal an und wirkt zerstreut. Als sie ihren Handschuh fallen lässt, bücke ich mich danach und berühre beim Aufstehen ihre Hand. Der Mann an ihrer Seite redet weiter. Er weiß nicht, dass er sie gerade verloren hat.

Wir bewegen uns durch die Jahre und finden uns in Erinnerungen wieder, die so wahr werden wie die Wirklichkeit selbst. Und verdichtet sich nicht letztlich alles zu nur einem Moment, der alles birgt, was wir ersehnt und verloren haben? Sie legt mir die Hand auf die Schulter, knautscht mein Jackett. Ich höre die

Musik nicht, nur die Worte, die sie mir ins Ohr raunt. Kann man auf so eine Frage überhaupt antworten?

So stelle ich mir den Abend vor und sehe aus dem Fenster. Schwaches Licht fällt in den Garten, das nächtliche Dämmerlicht zeichnet den Raum weich. Ich leere mein Glas Wein, stelle es auf den Tisch und schenke nach, trinke aber noch nicht davon. Vor mir liegt ein weißer Handschuh. Er schimmert im Dunkeln und wirkt so zart, als wäre er aus Luft. Als ich nach ihm greife, fasse ich ins Leere.

13

Heute ist es windig. Baumkronen biegen sich, die Fensterläden klappern. Öffnet man die Haustür, steigt der Wind ins Treppenhaus, braust um die Beine – eine unfassbare Zeit, in der wir leben. Wolken jagen über den Himmel und sammeln sich jenseits der Stadt. Ein Hut fliegt die Gasse entlang. Als ich nachmittags nach Hause komme, stehen die Leute auf der Straße, den Blick nach oben gerichtet. Alle in Jacken, braun oder grau, einreihig oder zweireihig geknöpft. Auf meine Frage hin erfahre ich, dass ein Teil des Daches sich gelöst hat. In den obersten Stockwerken wohnen sie jetzt unter freiem Himmel und fürchten sich vor dem Regen. Aber in einer klaren Nacht, sagt ein kleiner Junge, könnten sie von der Küche aus die Sterne sehen.

14

Gerade als ich gehen will, bemerke ich Elena. Ich steuere geradewegs auf sie zu und kann nicht mehr zurück. Sie kommt so überraschend wie immer, nur diesmal habe ich ihre Schritte nicht gehört. Ich senke den Blick und sehe ihre bloßen Beine unter dem Mantel, schmale schwarze Schuhe, und als ich wieder aufschaue, sieht sie mir in die Augen, und plötzlich gibt es keinen Ort, an den ich flüchten kann, keine Kastanie, die sich über mich breitet.

Elena lächelt mich an, aber so wie einen Fremden, distanziert und höflich. Wie Menschen sich ansehen, wenn sie aneinander vorübergehen, ein Lächeln, das nichts bedeutet. Als sie mir ganz nah ist, spüre ich ihre Bewegung, als befänden wir uns in einem engen Raum, und ich fühle mich gleichzeitig unwohl und selig. Ich nehme den Duft ihres Parfüms wahr und das Rascheln ihrer Jacke, die unerträgliche Stille und das Rauschen, wenn zwei Welten aneinander vorüberziehen.

Erst sehr viel später bleibe ich stehen. Mit klopfendem Herzen, das Hemd von Schweiß durchnässt. Ich stelle fest, dass ich ziellos umhergerannt bin und mich verirrt habe. In einem Kiosk mit qualmendem Schornstein verkauft ein Mann Würstchen. Ich frage ihn, wo wir sind, und er sieht mich an, als wäre ich verrückt. Zwei Kilometer nördlich vom Marktplatz, sagt er, und kein Mensch kauft hier Würstchen. Früher gab es nebenan eine Schuhfabrik, aber jetzt nicht mehr, das war einmal. Der Mann tut mir leid. Lässt sich das Häuschen nicht versetzen, mit einem Kran vielleicht? Er schüttelt den Kopf: doch, wahrscheinlich schon, nur wohin soll einer umziehen, der vierzig Jahre lang an einem Ort gewesen ist.

15

Ich würde gern von etwas anderem reden, aber alles auf der Welt steht still. Die Tage vergehen, die Bäume haben bereits Blätter. Mit jedem Tag ist es länger hell, und abends muss ich schon Gardinen vorziehen. Am Montag trug Elena eine leichtere Jacke, am Dienstag kam sie gar nicht. Am Mittwoch verdeckte ein Regenschirm ihr Gesicht, und am Donnerstag war sie in Gedanken versunken, ihre Miene geistesabwesend.

Morgens sitze ich im Park, am Nachmittag komme ich um kurz vor fünf nach Hause. Ich brate mir Eier und Fleisch in der Pfanne und koche einen Topf Kartoffeln. Als ich in den Spiegel sehe, fällt mir eine Wunde im Gesicht auf. Das muss heute Früh beim Rasieren passiert sein. Niemand hat mich darauf aufmerksam gemacht, obwohl eine feine Blutspur an meinem Hals angetrocknet ist.

Diese Woche ist alles wie immer. Ich setze Elena aus kleinen Teilen zusammen, nehme ihr Lächeln, den

Widerhall ihrer Schritte, die Buchstaben auf dem Papier, die Abdrücke ihrer Schuhe nach dem Regen. Abends spreche ich mit ihr, aber das Zimmer nebenan bleibt verschlossen und leer. Ich erzähle ihr ganz gewöhnliche Dinge: was ich in der Zeitung gelesen habe, oder wie ich als Kind mit meinem Bruder zum Schwimmen an den Fluss gelaufen bin, dessen Wasser tief und kalt war. Ich möchte sie berühren. Nein, dieser Gedanke führt zu nichts, lieber denke ich daran, dass der Sommer bald kommen und der Garten vor meinem Fenster verwildern wird. Im Hochsommer lassen die Zweige kaum einen Blick durch, und nachts wirft ein Baum seinen Schatten an die Wand.

16

Heute kam mein Freund zu Besuch. Ich war überrascht, als er vor der Tür stand. Den Brief, der seit einer Woche im Briefkasten lag, hatte ich gar nicht bemerkt. Er schrieb, einige Tage bleiben zu wollen, höchstens eine Woche. Als er keine Antwort erhielt, beschloss er, einfach loszufahren.

Er heißt Jan und lebt mit seiner Frau am Meer. Sie haben ein großes Haus mit viel zu vielen Zimmern. Vor einem Jahr sind sie dort eingezogen; ich habe sie noch nie besucht. Jan erzählt, dass man zur einen Seite aufs Wasser hinausblickt und zur anderen aufs Land – Felder so weit das Auge reicht, und zu dieser Jahreszeit grün. Das Meer ist blau und scheint bis in die Ewigkeit zu reichen.

Jan zieht die Jacke aus und umarmt mich. Er riecht nach der Ölfarbe seiner Bilder. Lächelnd fragt er, wie es mir geht, ich antworte, gut, und er nickt. Mir fällt auf, dass er abgenommen hat. Früher war er breitschultrig, ein Ringkämpfer. Ich weiß noch, dass er einen internationalen Wettbewerb gewonnen und vom Staat ein Trainingsstipendium bekommen hat.

Wir sitzen im Wohnzimmer und essen die Reste von gestern. Er erzählt, dass sein Haus so nah am Meer steht, dass die Wellen, die an die Felsen schlagen, bis hoch an die Fenster spritzen. Nachbarn gibt es nicht, das nächste Haus ist sieben Kilometer entfernt. Dort wohnt der führende Aerodynamikforscher des Landes, behauptet Jan. Kannst du dir das vorstellen? Dann trinkt er. Er redet viel und trinkt. Ich schenke Wein nach und merke, dass auch ich schon angetrunken bin. Jan sagt, er male jeden Tag. Seine Frau beschwere sich, dass die Bilder viel zu großformatig seien und nicht mehr ins Haus hineinpassten.

Ich hole das eiserne Bettgestell vom Dachboden und richte im Wohnzimmer eine Schlafgelegenheit her. Wir sitzen bis spät in die Nacht zusammen, denn der Abend ist warm. Ich lasse die Fenster offen, und aus dem Garten weht Fliederduft herein. Jan sagt, er habe die Stadt immer gemocht. Hier kann man die Geschichte geradezu riechen, bemerkt er und teilt den letzten Schluck Wein auf. Wir stoßen an, dann wird es ganz still.

17

Jan schläft, wälzt sich im Wohnzimmer von einer Seite auf die andere. Die alte Federkernmatratze quietscht, und er schnauft. Von oben poltert es – die Nachbarin, die niemals ruht. Auch ich kann nicht einschlafen. Meine Gedanken driften ab, kehren zurück in den Sommer bevor Jan seine Frau kennenlernte. Wir müssen die Welt verändern, hatte er gesagt, wir müssen immer wieder gegen das Unrecht kämpfen, den Menschen den Sinn des Lebens zeigen. Dann lief er über die Brücke, versuchte, auf dem schmalen Geländer die Balance zu halten, während unter ihm das schwarze Wasser rauschte. Es war frühmorgens, und ich hatte Angst. Ich konnte mir nicht vorstellen, wie die Welt sein würde, sollte Jan hinunterfallen. Außerdem hatte ich keine Ahnung, was der Sinn des Lebens war, oder wie ich es den Menschen zeigen sollte. Ich wollte einfach nur die Welt sehen.

18

Am Wochenende kommt Elena nicht in den Park, also warte ich drei Nächte. Ich stelle fest, dass ihr Bild schon am Sonntag verblasst ist und ich nach Belegen für ihre Existenz suche. Sobald ich versuche, mir Einzelheiten ihres Gesichtes in Erinnerung zu rufen, entgleiten sie mir. Ich schaffe es nicht, sie festzuhalten.

Ich habe Jan versprochen, gemeinsam unsere alten Orte aufzusuchen. Hinter seinen großen Schritten falle ich schnell zurück, doch Jan bemerkt es nicht, plaudert nur wild gestikulierend vor sich hin. Er sieht lustig aus, wie ein verrückter Dirigent. Ich bitte ihn, langsamer zu gehen, doch schon bald verliert er sich wieder in Gedanken und stürmt mit weiten Sprüngen und fuchtelnden Armen voran.

Wir machen an einem Marktplatz halt, in dessen Mitte eine Säulenreihe steht. Dazwischen verkaufen die Leute an Klapptischen Obst und allerlei Metallkram. Ich kaufe eine Tüte Äpfel, und Jan findet für seine Frau eine hölzerne Schachtel, in deren Deckel eine Gravur gearbeitet ist. Ich erinnere mich, dass sie kleine Holzschatullen sammelt. Sie stehen überall herum, eine schöner als die andere. Als ich einmal danach fragte, was sie mit all den Schächtelchen macht, bekam ich keine Antwort. Jan erklärte mir, dass in jedem Kästchen etwas liegt und das Haus voller versteckter, vergessener Dinge ist. Bilder, Zeichnungen, Briefe – öffnet man eine der Schachteln, führt sie vielleicht Monate oder Jahre zurück in eine Zeit, die längst vergessen war. Ich finde den Gedanken gleichermaßen tröstlich und beängstigend.

19

Jan möchte zum Fluss hinunter, und wir gehen den langen Weg zu Fuß. Meine Äpfel sind jetzt gut für eine Stärkung zwischendurch, sie schmecken säuerlich und nach Herbst. Woher sie zu dieser Jahreszeit kommen, weiß ich nicht, erst im Spätsommer werden sie in den großen Obstgärten außerhalb der Stadt geerntet.

Wir durchqueren einen Park, der in ein Wäldchen mündet. Die Straße endet an einer Mauer. Hier stehen blühende Bäume und dichtes Gebüsch. Der Weg wird zum Trampelpfad, und die Erde riecht nach Humus. Unter den Bäumen ist es düster, auch die Sonne wärmt nicht mehr. Aber je näher wir dem Fluss kommen, desto mehr Lücken brechen zwischen den Zweigen auf und geben den Blick in einen weißen Himmel frei.

Wir sitzen am Ufer, Jan schleudert Steine ins Wasser. Wir schweigen. Ich würde ihm gern von Elena erzählen, aber ich kann nicht. Ich habe Angst, dass er mich für verrückt oder krank hält und mir Fragen stellt, auf die ich keine Antwort weiß. Und was sollte ich ihm auch sagen? Ich warte auf eine Frau, mit der ich noch nie ein Wort gewechselt habe, aber jeden Morgen kommt sie zu mir, und ihre Haut ist noch hell vom Winter oder blass von der Nacht. Ich weiß nicht einmal, wo sie wohnt, aber ich habe mir ein vollständiges Leben für sie ausgedacht. Sobald ich die eine Tür öffne, schließt sich die andere, und niemals tun sich beide zur selben Zeit auf.

Jan meint, wir hätten im Sommer unter diesem Baum geschlafen. Ich schaue hoch, Wind weht durchs Laub, lässt die Zweige schaukeln. Bist du sicher, dass es dieser war, frage ich Jan, und er nickt. Genau der hier, behauptet er und trommelt mit der Faust gegen den Stamm. Ich strecke mich auf dem Boden aus, den Blick weiter in den Himmel gerichtet. Heute ist Sonntag. Vielleicht war es wirklich dieser Baum, denke ich, und schließe die Augen.

20

Früh am Morgen, bevor Jan wach wird, stehe ich auf, ziehe mir ein Hemd über und greife nach der Hose auf der Stuhllehne. Im Bad taste ich nach dem Lichtschalter, spritze mir Wasser ins Gesicht und kämme die Haare zurück. Als ich im Flur über etwas stolpere, horche ich einen Moment. Stille, sogar die Nachbarin oben ist ruhig. Ich schlüpfe in die Schuhe, die Jacke ziehe ich erst im Treppenhaus an.

Vor dem Haus steige ich in die Straßenbahn und setze mich auf die letzte Bank. Der Wagen rumpelt durch die Kurven, ich kann die Biegung der Schienen spüren. Es fahren kaum Leute mit, nur eine Frau und ein Mann. Er lehnt pfeifend am Geländer und schaut immer wieder zu ihr hinüber. Irgendjemand steht immer gerade am Scheideweg des Lebens, bereit zu gehen oder zu bleiben.

Ich sitze im Schatten der Kastanie und warte. Es ist schon hell. Die Vögel sind aus dem Süden zurück und ziehen über mir ihre Bahnen; in großen, geräuschvollen Scharen schwärmen sie durch die Luft und freuen sich über den Sommeranfang. Einer landet auf dem anderen Ende meiner Bank, und plötzlich überkommt mich Übelkeit. Als Kind habe ich einmal einen Vogel getötet; wie kann einen etwas nur ein Leben lang verfolgen.

Jetzt höre ich ihre Schritte. Noch hallen sie von fern, aber gleich kommt sie, erscheint vor mir auf dem Sandweg. Der Vogel ist fort. An diesem warmen Morgen trägt Elena keine Jacke. Hinter ihr leuchtet das Licht. Ihr Pullover hat einen hohen Kragen, sie hat eine Vorliebe für Grün. Jeden Morgen stelle ich mir vor, wie ich aufstehe und zu ihr hinübergehe. Sie fragt, wo ich gewesen bin. Nirgendwo.

Elena geht an mir vorbei und sieht mich nicht. Selbst wenn sie in meine Richtung blickte – ich glaube nicht, dass sie mich wahrnehmen würde. Müsste ich erfahren, dass sie ein schweres Verbrechen begangen hätte, ich käme trotzdem. Das macht mir Angst, denn ich war nicht immer so bedingungslos. Ah, noch ein Wimpernschlag, und sie ist wieder verschwunden.

21

Als ich am Nachmittag nach Hause komme, kocht Jan in der Küche einen Fleischeintopf. Auf dem Tisch steht eine leere Flasche Wein. Er hatte ein Treffen mit dem Mann, der seine Ausstellung arrangiert. Der Galerist war in Sorge wegen der Größe der Gemälde: Kein Mensch kauft etwas, das nicht durch die Tür ins Haus passt, bemängelte er. Ich frage Jan, warum er nicht kleinere Bilder malt, und er erwidert, dass keine Leinwand ausreicht, um das Meer einzufangen.

Später schlägt Jan vor, auszugehen und hemmungslos zu trinken. Er fragt, ob es *Kopernikus' Schaukelstuhl* noch gibt. Ich glaube schon, doch ich war lange nicht mehr dort. Der Besitzer behauptete früher, er stamme in gerader Linie von Nikolaus Kopernikus ab. Ursprünglich habe er Astronomie studieren wollen, wurde aber Blumenhändler, dann Schornsteinfeger und schließlich Barbesitzer. Der Mann erklärte, alle Mitglieder der Familie Kopernikus hätten jeweils einen außergewöhnlich stark ausgeprägten Sinn. Nikolaus hatte scharfe Augen, bei ihm sei es die Nase. Die Leute nickten: Er riecht das Geld, sagten sie.

Jan und ich schlendern durch die Stadt. Straßenbahnen rattern an uns vorbei, Vorhänge werden vorgezogen und Fenster dunkel, die Stadt kehrt sich nach innen. Eine Gruppe grölender Halbstarker tritt ihre geleerten Plastikkanister auf die Fahrbahn und ins Gebüsch. Jan starrt einer Frau hinterher, deren Rock kaum den Hintern bedeckt. Überall sind Lichter. Sie blenden und verursachen ein fiebriges Gefühl.

Kopernikus' Schaukelstuhl ist geschlossen. Vor die Fenster sind Bretter genagelt, ein großes Schloss hängt an der Tür. Zwischen den Latten hindurch blickt man in einen stillen Raum: ein verstaubter Tresen, hölzerne Tische und ein halb leeres Glas. Jan sieht mich an, zuckt mit den Schultern. Er ist enttäuscht. Ist nicht die einzige Bar auf der Welt, sagt er, doch ich weiß, dass das nicht wahr ist. Manche Orte haben in unserer Erinnerung einen besonderen Platz. Sie dehnen sich aus, werden zu großen Gebäuden, im Zwielicht schwimmenden Palästen. In ihren Zimmern liegen unsere geheimsten Wünsche und ungeträumten Träume, unserer Kindheit heiterste Höfe.

22

Die Stadt hat sich für den Sommer in Szene gesetzt. Der Wind weht aus Süd, jeden Tag wird es wärmer. Die Menschen haben ihre Mäntel ausgezogen und auf dem Dachboden verstaut. Ich beobachte Kinder in kurzärmeligen Hemdchen und Arbeiter, die nach vorbeigehenden Mädchen pfeifen. Der Schweiß rinnt einem die Arme hinab, und der Asphalt bekommt Risse. Nachts bleiben die Fenster offen, doch die Morgenstunden sind noch kühl, und Elena trägt einen Pullover, dessen Rollkragen bis ans Kinn reicht. Sie kommt jeden Tag, und an einem Morgen blieb sie neben der Pudelbesitzerin stehen. Sie waren so weit weg, dass ich ihre Worte nicht verstehen konnte, aber so nah, dass ich ihre Stimme hörte.

23

Jan reist morgen ab. Wir sitzen schweigend im Wohnzimmer und hören das Violinkonzert von Mendelssohn. Im abendlichen Garten bewegen sich die Schatten sonderbar langsam. Jan sagt kein Wort, und ich weiß: Er wartet darauf, dass ich rede.

Ich glaube, niemand würde es verstehen, auch er nicht. Die Welt um mich herum hat sich gewandelt, und diese Wandlung hat etwas so Endgültiges, dass es scheint, als habe selbst die Zeit sich verlangsamt, sei gefangen in den Gegenständen dieses Raumes, im farbig schillernden Wasser der Vase oder in den Bildern, die sich im Fenster spiegeln. Manchmal, wenn ich hinaussehe, weiß ich nicht, ob es Tag ist oder Nacht, Sommer oder Winter, ob ich lebe oder tot bin oder an einen Punkt gesunken, an dem die Sterne vom Himmel fallen und die Naturgesetze einfach außer Kraft treten. Schließlich durchbricht Jan die Stille. Er erzählt von einer Treppe, die er heute gesehen hat: Sie war gesäumt von einem steinernen Geländer, das aussah wie eine Schnitzerei. Er findet, ich sollte ihn im Sommer am Meer besuchen. Es sei eine Schande, dass ich noch nicht dort gewesen bin. Das Zimmer könne ich selber aussuchen, verspricht er; am besten sei das mit dem Balkon zur offenen See. Von dort aus sieht man in der Ferne die Landmarke blinken, die seine Frau die Erdachse nennt.

Wir lauschen Mendelssohn, und Jan schwenkt die Arme im Takt der Musik. Wäre ich eine Frau, sagt er, würde er mich zum Tanz auffordern. Der Gedanke bringt mich zum Lachen. Zwei Männer tanzen zu Mendelssohn, mitten in der Nacht. Ich beiße in meinen Apfel, springe auf und verbeuge mich vor Jan: na dann.

24

Früh am Morgen bringe ich Jan zum Bahnhof. Wir gehen zu Fuß Richtung Stadtrand, wo die Häuser rußiger sind und die Zäune aus Draht. In der Nacht hat es geregnet, jetzt steigt die Sonne hinter dem Nebel auf. Jan hat einen kleinen Koffer dabei, mehr nicht. Während seines gesamten Besuches habe ich ihn sein Gepäck kein einziges Mal öffnen sehen.

Auf einem Platz bleibt Jan stehen und zeigt auf ein Hotel. Das Haus ist alt und heruntergekommen, der Schriftzug auf dem Dach teilweise weggebrochen. Dort bin ich einmal abgestiegen, erzählt Jan, und eines Abends geschah etwas Tragisches. Der Pianist im Restaurant hörte plötzlich auf zu spielen, stand auf, verneigte sich vor den Gästen und erschoss sich. Verdammt noch mal, mitten im Saal. So eine Stille habe ich noch nie erlebt. Niemand im ganzen Raum rührte sich, nur das Blut breitete sich leise auf den Fliesen aus.

Der Zug hat Verspätung, und wir warten am Gleis.

Die Bahnhofshalle ist alt, im Dach kreuzen sich Holzbögen. Die Fenster sind mit den Jahren trübe geworden – als habe jeder Moment dort seine feine Spur hinterlassen, all die Gerüche und Schritte, Erwartungen und Enttäuschungen, all das Rufen und Raunen. Aber irgendwann hatte das Licht einmal strahlend und klar durch sie hindurchgeschienen.

Bevor Jan geht, lädt er mich noch einmal ein. Du kommst also im Sommer, hält er fest und nimmt mich in die Arme. Ich verspreche, darüber nachzudenken, auch wenn ich schon weiß, dass ich nicht fahren werde. Er steigt in den Wagen und winkt noch einmal vom Trittbrett herab. Der Schaffner bläst mit vollen Backen in seine Trillerpfeife. Hinter dem Fenster huscht Jans Gesicht vorbei. Eine Glocke bimmelt. Der Zug rumpelt los, und er ist fort.

25

Zu Hause fällt mir auf dem Tisch die kleine Holzschatulle ins Auge, die Jan vor einigen Tagen auf dem Markt gekauft hat. Er hat sie liegen lassen. Ich sehe mir das Kästchen lange an, öffne es aber nicht. Es ist sehr hübsch und kunstvoll geschnitzt. Ich nehme mir vor, es ihm morgen nachzuschicken, auch wenn in ihren vielen Zimmern eine kleine Holzschachtel kaum fehlen wird.

Später ziehe ich seine Laken ab und räume das Bettgestell zurück auf den Dachboden. Ich öffne die Tür zum Garten und stelle einen Korbsessel nach draußen. Ein warmer Tag beginnt, noch hängen die Sträucher nach dem Regen voller kleiner Tropfen. In den Park habe ich es heute Morgen nicht mehr geschafft, und Elena konnte alleine gehen. Niemand war da, der über ihren Weg gewacht hätte.

26

Elena durchquert den Park, ihre Tasche baumelt gegen die Hüfte, der Rocksaum schwingt über ihren bloßen Knien. Es ist alles wie immer. Alles ist gut. Im Garten habe ich Glockenreben gepflanzt.

Manchmal sehe ich sie zufällig, so wie gestern. Sie kam mit zwei Freundinnen aus dem Olympia-Freibad – alle hatten nasse Haare, Handtücher im Korb und trugen Sandalen. Sie scherzten und lachten. Ich stand im Schatten, als die jungen Damen an mir vorübergingen und eine von ihnen mich bemerkte. Sie warf einen Blick zurück und wandte sich den anderen zu, aber da war ich schon verschwunden.

Es ist ein sonderbares Gefühl, Elena außerhalb des Parks zu sehen. Als gehörte sie nirgendwo anders hin. Als käme sie aus dem Nichts und verschwände ins Nirgendwo. Um den Park herum ist Leere. Es gibt keine Stadt, keine Sternwarte, keinen Gemüsehändler und auch nicht den windschiefen Zeitungskiosk daneben. Wenn ich zu Hause auf die Karte schaue, finde ich alle Städte und Berge der Welt und alle Kontinente jenseits der Meere. Es ist, als hätte man mich betrogen.

Aber jetzt ist sie da, mit baumelnder Tasche und schwingendem Rock. Die Blätter der Kastanie hängen üppig über meinem Kopf. Der Sommer ist in der Stadt angekommen, an den Straßenecken wird Limonade verkauft. Nachts öffne ich das Fenster, und der Wind bauscht die Gardinen. Vielleicht schlafe ich schon bald ein.

27

Die Tage vergehen schnell, und es fällt mir schwer, sie zu unterscheiden. Heute ist der erste Juni, in der Stadt findet ein Freiluftkonzert statt. Das Orchester spielt unter einem Wetterdach, und der Wind stiehlt dem Dirigenten die Noten, die höher und höher in den Himmel wirbeln, während das Publikum ihren Flug bewundert. Der Kapellmeister führt das Konzert ohne Noten zu Ende, und die Zuhörer jubeln. Zum Schluss steigt der Trompeter auf seinen Stuhl und spielt ein ergreifendes Solostück. Viele der Gäste sind berührt. Sie stellen fest, dass die Musik sie an Dinge erinnert, die vor langer Zeit geschehen sind.

Ich bleibe im Park sitzen und beobachte die Musiker, die sich nach dem Konzert zum Rauchen und Biertrinken unter den Bäumen versammeln. Einer erzählt lustige Geschichten, und die anderen lachen – vor allem eine Geigerin aus der zweiten Reihe. Ein anderer mustert die lachende Frau und spielt gedankenverloren mit den Klappen seiner Klarinette. Sein Blick ist ernst und schüchtern. Sie leben in ihrer eigenen Welt, Musiker, denke ich und kaufe mir an der Bude ein kühles Bier.

Später schlendere ich einen von Linden gesäumten Weg hinunter. Es ist, als ginge man am Rand der Welt entlang. Ab und zu geben die Bäume den Blick frei auf Weiden, die sich dem Himmel entgegenwölben. So sieht es aus, als sei dort eine Kante, über die man fallen kann. Ich fühle mich gleichzeitig schwer und losgelöst. Aber wenn man weiter geradeausgeht, kehrt man zurück in die Stadt und in die Normalität.

28

Am Montag ist Elena nicht gekommen, und auch heute ist sie spät dran. Die Kirchturmuhr schlägt halb neun, die Glocke klingt die Straße hinab. Sie hätte schon hier sein müssen. Ich werde nervös, stehe auf, gehe ein paar Schritte. Nur einmal ist sie zwei Tage hintereinander nicht gekommen. Plötzlich habe ich Angst – als sei die Achse der Welt von ihrem Platz gerutscht.

Der Springbrunnen plätschert leise vor sich hin, und die Frau führt ihren Hund spazieren. Nichts rührt sich. Auf einmal kann ich mich nicht mehr an ihr Gesicht erinnern, an die Farbe ihrer Augen oder daran, wie sie ihre Tasche hält. Wo ist sie? Ich laufe ein paar Schritte, stolpere, stürze fast. Um Luft ringend, lehne ich mich an einen Baum. Es ist eine mächtige Eiche. Klebriges Harz sickert aus den Rissen ihrer Rinde, ein kranker Baum. Lange rühre ich mich nicht von der Stelle, dann sehe ich auf meine Hände: Sie zittern.

29

Am Mittwochmorgen kommt sie nicht, und ich schreibe in meinen Kalender: *Heute war sie nicht da.* Ich hocke in der Küche, kann aber nicht stillsitzen. Die Dinge geraten durcheinander, Herdplatten bleiben an, und ich starre auf die Tür, hinter der das leere Zimmer liegt. Ich versuche zu essen, aber als ich den Kühlschrank öffne, fällt mir auf, dass ich nicht einkaufen war. Im Regal ist noch Tee. Ich blättere in Dostojewskis *Idiot*. Der Buchdeckel hat einen Fettfleck bekommen. Ich reibe mit dem feuchten Ärmel darauf herum, aber die Pappe ist spröde und löst sich auf. Verzweifelt versuche ich, den Schaden mit Tesafilm zu beheben. Ich fürchte, ihr Name könnte abnutzen, sich auflösen, vergehen. *Elena*. Ich beklebe auch ihren Schriftzug mit einem Stück durchsichtigen Klebeband und streiche immer wieder über die glatte Fläche.

Später versuche ich zu schlafen. Über mir lärmt die Nachbarin, scheppert mit Blechschüsseln. Ich denke an Dinge, die ich vergessen wollte. Die Bilder drängen sich mit aller Macht auf, bis ich mich unter der Decke verstecke. Etwas Licht dringt durch sie hindurch, das aus dem Garten kommt, so wie all die Düfte, die die Büsche im Sommer bis ins Zimmer hinein verströmen. Morgen gehe ich in den Park, und dann kommt sie.

30

Donnerstag sitze ich unter der Kastanie und beobachte eine lärmende Kinderschar – kreischende Münder und übereinanderstolpernde Beine. Ich höre ihr Geschrei, und plötzlich weiß ich, warum Elena nicht kommt: Die Sommerferien haben begonnen.

Die Erklärung ist so einfach, dass ich eine Weile nicht in der Lage bin, irgendetwas zu tun; die Hand zu heben, die Augen zuzukneifen. Ich starre vor mich hin, auf den Schotter des Parkwegs, den Sand, der in der Sonne funkelt, den brüchigen steinernen Springbrunnensockel, das grüne Gras, die schwungvollen Vogelflugbahnen. Es ist wie eine plötzliche Leere, als wenn die Erde unter den Füßen verschwindet.

Sind Minuten oder Stunden vergangen? Ich stehe auf und folge dem Weg, den Elena immer geht. Verlasse den Park an seinem östlichen Ende und komme auf die Straße, die auf beiden Seiten Weißdorn säumt.

Vor der Kirche biege ich ab, zum Marktplatz, an dem die Universität mit ihrer Säulenreihe steht.

Ich trete zwischen den Säulen hindurch ins Gebäude, und alles ist leer. Nur weite, hallende Gänge. Die Stille schmerzt in den Ohren, nur das monotone Kehren eines Besens durchbricht sie. Ein gebeugter Mann fegt den Flur rechts-links, links-rechts. Das Licht zeichnet Streifen an die Wand, am Ende des Ganges ist eine düstere Treppe. Der Besen gleitet über den Steinboden, und ich denke, der Mann wischt mein Leben weg.

31

Vier Tage und vier Nächte lang sitze ich zu Hause. Dann gehe ich zurück in die Universität und spreche mit der Sekretärin, einer etwa fünfzigjährigen hageren Frau, die ihren Ehering inzwischen an der rechten Hand trägt. Ich setze mich und warte, bis sie mit einem dicken Wälzer ins Zimmer zurückkehrt. Ich bin nebenan, falls Sie mich brauchen, sagt sie. Über eine Stunde blättere ich in dem Buch und finde unter den Studierenden drei Elenas, deren Namen, Adressen und Telefonnummern ich mir aufschreibe. Im Nebenzimmer geht die Sekretärin auf und ab, ihre Schritte sind deutlich zu hören. Ich wundere mich, dass sie kein einziges Mal stehenbleibt. Als ich das Buch schließlich zuklappe, erscheint sie in der Tür. Mir fällt ihre Brosche auf. Sie hat die Form eines Tukans, eines südamerikanischen Vogels. Sein Schnabel erinnert an eine Banane. Die Sekretärin bemerkt meinen Blick und erzählt, ein fliegender Tukan sehe aus, als segele eine Banane durch die Luft. Ich frage sie, ob sie bereits in Südamerika gewesen sei, und sie nickt. Einmal, sagt sie, und ich bin nie wieder davon losgekommen. Ich verstehe nicht, was sie meint. Sie lächelt mir zu, und ich verlasse den Raum, die Faust fest um meinen Zettel geballt.

32

Ich betrachte die kleine Holzschachtel auf dem Tisch. Ich hätte sie Jan nachschicken sollen, habe aber nicht mehr daran gedacht. Seit Elenas plötzlichem Verschwinden bin ich ziemlich zerstreut. Gestern vergaß ich, Schuhe anzuziehen, und erst auf der Straße fiel mir auf, dass ich barfuß war. Heute Morgen vergaß ich, die Gardinen zu öffnen, und wunderte mich, warum es im Zimmer so dunkel war. Als ich die Vorhänge endlich beiseitezog, blendete mich das Licht und drang in jeden Winkel vor.

Wenn ich nur ihre Stimme höre, weiß ich, dass sie existiert. Ich sitze neben dem Telefon und wähle die erste Nummer auf meiner Liste. Es vergeht eine halbe Minute, bis jemand abnimmt. Eine Kinderstimme, ich bin enttäuscht. Ich frage nach Elena, und das Kind bittet mich zu warten. Im Hörer klingt pfeifend mein eigener Atem wider.

Eine Frau meldet sich, und ich frage sie, ob sie

Elena sei. Sie bejaht, und trotzdem weiß ich auf der Stelle, dass sie es nicht ist. Einmal habe ich Elenas Stimme gehört, und ich werde sie nie vergessen. Die Frau am anderen Ende möchte wissen, worum es geht, also erkläre ich ihr, dass ich mich geirrt habe, und dass ich dachte, sie wäre jemand anderes. Sie erwidert, das wäre ihr auch einmal passiert, und jetzt sei sie verheiratet.

Schwitzend lege ich den Hörer auf. Erst als ich alle Fenster geöffnet habe, geht es mir besser. Es ist später Nachmittag, durch die Scheibe ist ein Baum zu sehen. Im Herbst trägt er Äpfel, die jedoch nicht genießbar sind – sie sind sauer, schmecken nach Lehm und verbrannter Erde. Manchmal wirkt der Baum wie ein Mensch, und ich erschrecke mich. Er hat Arme, Beine und Gesäß, aber keinen Kopf.

Am Abend probiere ich die anderen beiden Nummern, aber vergeblich. Nur mein Atem geht auf Wanderschaft, läuft unter dem Kiosk hindurch in die Kabel hinein, schlängelt sich durch die Stadt, teilt sich in Osten und Westen und dringt schließlich durch Beton hindurch in ein dunkles Zimmer. Beim Gedanken daran wird mir schwindelig: alle einsamen Menschen der Welt an ihren Telefonen.

33

Ich werde wach, als es frühmorgens zu regnen beginnt. Zuerst höre ich nur einzelne Tropfen, dann ein gleichmäßiges Prasseln. Ich stelle mir einen Regentropfen vor, wie er aus der Höhe hinabfällt und der Wind ihn aufs Fensterbrett trägt. Denke an den Regen und die Erinnerungen, die sich an ihn knüpfen, Regenerinnerungen: eine Nacht, in der mein Bruder und ich noch Kinder waren und ich ihm zuhörte, wie er erklärte, er werde uns in einer Regennacht verlassen, denn alle Abschiede geschähen in verregneten Nächten, in denen der Niederschlag die menschlichen Spuren verwischt, so wie die Lüge unsere Erinnerung. Vermutlich waren das nicht ganz seine Worte, aber diese Gestalt nahmen sie in meinem Gedächtnis an. Ich erinnere mich an einen eisigen Tag, an dem Schnee fiel und an dem sich zum ersten Mal eine Frau vor mir entkleidete und zu mir legte. Vielleicht schneite es sogar in dem Augenblick, als ich im halbdunklen Raum ihr Hemd leise fallen hörte und ungläubig auf das Bündel blickte, das Zeichen eines gewissen Sieges war. Regen bringt Menschen einander näher und macht Einsame noch einsamer; alle bleiben im Haus, vor allem im Winter, wenn es kalt ist. Einmal regnete es so stark, dass unsere Straße überflutet wurde und auf den Wellen ein paar Brotkörbe und ein Kessel mit Kohleintopf trieben.

34

Bei der zweiten Nummer nahm niemand ab, und ich stand zwei Tage lang vor einem Mehrfamilienhaus am westlichen Stadtrand. Die Häuser dort wurden im Laufe der letzten zehn Jahre gebaut, in ihren Gärten gibt es keine Bäume. Das Taxi blieb im Lehm stecken. Die Wände sind alle aus Beton. Erleichtert sah ich, wie eine blonde Frau die Vorhänge am Fenster zur Seite zog. Ich machte auf der Stelle kehrt und wandte mich der letzten Adresse zu.

Ich gehe wie ein Mensch, der auf dem Weg ins Unvermeidliche ist: Die Erwartung beherrscht alle Gedanken, der Magen krampft sich zusammen. Intuitiv werde ich immer schneller, bis ich stehen bleiben muss, um Luft zu holen.

Die Straßenlampen spenden spärliches Licht, und ich höre Laufschritte, die sich aus der Ferne nähern. Bald überholt mich ein Mann. Sein schwarzer Schlips schwingt im Takt der Schritte. Verwundert sehe ich ihm nach. Er rennt, als hinge sein Leben an diesem einen Moment.

Ich weiß, dass ich auf dem richtigen Weg bin. Die dritte ist die wahre Elena. Ich hätte es gleich wissen müssen, denn die Adresse ist dem Park am nächsten. Vielleicht war es mir auch bewusst, und ich schlug den Bogen nur, um sicherzugehen, dass sie mir nicht entkommt. In diesem Teil der Stadt sind die Häuser älter, die Geschäfte verkaufen antike Glockenspiele. Hier bleibt kein Taxi im Lehm stecken, und die Bäume werden groß und dicht.

Elenas Klingel bleibt stumm, das Fenster dunkel. Die Gardinen stehen einen Spaltbreit offen, dahinter rührt sich nichts. Sie ist fort, ich weiß nicht wohin. Vielleicht ist ihr der Zimt ausgegangen, und sie schaut kurz beim nächsten Supermarkt vorbei, kommt jeden Augenblick zurück. Vielleicht besucht sie ihre Großmutter, hat versprochen, zum Tee zu bleiben. Ich muss nur warten.

35

Sie kommt nicht in den Park und geht nicht ans Telefon. Sie war weder Zimt kaufen, noch hat sie ihre Großmutter besucht. Fünf Tage habe ich vor ihrem Haus ausgeharrt. Die Gardinen bewegen sich kein Stück, nichts regt sich, niemand kommt zur Tür heraus. Ich muss endlich begreifen, dass sie fort ist.

Am sechsten Tag tritt eine fremde Frau ins Treppenhaus, und in Elenas Wohnung geht das Licht an. Sollte ich mich doch geirrt haben? Ich stürze hinter ihr her und bleibe vor der Tür stehen. Horche. Behutsam lege ich mein Ohr ans Holz und halte den Atem an. Plötzlich knarrt die Tür, und durch die Öffnung starrt mich die Unbekannte an. Erschrocken weiche ich ein paar Schritte zurück und frage nach Elena.

Die Frau lässt mich nicht hinein. Sie sagt, Elena sei zum Arbeiten an die Küste auf eine Insel gefahren und nicht zu Hause. Sie selbst gieße zweimal wöchentlich die Blumen, erklärt mir die Fremde, die Ficusse allerdings bräuchten nur einmal Wasser. Dann fragt sie, ob ich ein Verwandter sei, doch ich verneine: ein entfernter Bekannter, und ich habe eine Nachricht für sie. Einen Moment lang schüttelt die Frau ratlos den Kopf, ihr Haarknoten bebt. Dann geht sie in die Küche und schreibt den Namen der Insel auf einen Zettel. Dort gibt es irgendeinen Urlaubsort, sagt sie und schließt die Tür.

36

Die Sommertage sind heiß und kaum zu ertragen. Die Linden verströmen einen Duft, der den Garten füllt. Im Park hinter dem Haus steht eine ganze Allee von Linden, und das Dach der Straßenbahn ist klebrig. Der Fahrer sagt, selbst die Hand werde klebrig, wenn man sie aus dem Fenster hält.

Abends sitze ich am Fenster oder im Garten und lese. Zwei Bücher am Tag, manchmal auch drei. Zuweilen lese ich bis spät in die Nacht, auch wenn ich die Buchstaben kaum noch erkennen kann. Ich schmökere mich fort aus dieser Welt, verschlinge Liebesromane vom Kiosk, zwei zu einem Preis. Meistens geht es darin um eine Frau, zwei Männer und eine Enttäuschung, gefolgt von einem glücklichen Ende.

Als ich das Lesen satt habe, gehe ich spazieren. Ich erkunde Orte, an denen ich noch nie gewesen bin, Innenhöfe hinter Mauern. Auf dem Brachland am Bahnhof entdecke ich zwischen allerlei Schrott einen kaputten Flügel. Er steht mitten auf einem Sandhaufen; ich verstehe nicht, wie er dorthin gelangt ist. Ich schlage ein paar verstimmte Töne an, doch viele Tasten fehlen, und der Klang scheucht die Vögel auf.

Im Sommer leert sich die Stadt, die Menschen fahren an die Küste, nehmen den Zug in den Westen oder Süden. Manche zieht es in die Berge, wo kurzhalmiges Gras die Hänge bedeckt. Ein Schriftsteller, der sein ganzes Leben dort verbrachte, schrieb einmal, es gebe nichts Schöneres auf der Welt als Berge, Gras und die Wolken darüber. Wie sehr ein Mensch sich doch irren kann.

37

Die Frau auf dem weißen Pferd sagt, dass man der Liebe wegen sterben kann. Überall herrsche Unvollkommenheit, und so vergehe die Zeit. Jeder Gedanke ist unvollständig, und alles Unvollendete ist lebendig. Ich dachte, ich könnte warten, solange ich nur wüsste, wo sie ist. Doch je mehr mein Bild von ihr verblasst, desto stärker verschwimmt auch mein eigenes. Ich muss in Bewegung bleiben. Noch ehe der Juli beginnt, ertappe ich mich beim Studieren der Karte, der Straßen und Städte, Bahnhöfe und Kreuzungen. Der Zug braucht fünf Stunden bis zur Küste. Jan wohnt am Meer, und bei guter Sicht kann man am Horizont die Insel sehen. Noch zwei Tage lang erkunde ich die Karte, dann schreibe ich an meinen Freund: Am Samstag, dem dritten Juli, komme ich. Ich breche früh am Morgen auf, damit die Reise erträglich wird.

38

Die letzten Tage in der Stadt sind schweißtreibend heiß. Kinder kreischen nach Eis, und der Asphalt ist barfuß nicht begehbar. An schattigen Plätzen sitzen alte Leute, ohne sich zu rühren. Wer Probleme mit dem Herzen hat, soll jede Bewegung vermeiden, heißt es im Radio. Es wird empfohlen, lauwarmes Wasser zu trinken. Am besten bleibt man zu Hause und wartet auf kühlere Tage.

Tagsüber esse ich nichts, die Hitze vertreibt jeden Appetit. Ich verliere Gewicht, meine Haut wird faltig. Abends nehme ich etwas Einfaches zu mir, wie Fleisch und Kartoffeln oder ein paar Orangen. Ein Stück ihrer Schale gebe ich in kaltes Wasser und lasse sie einen Moment ziehen. Ich denke zurück an die erste Apfelsine, die meine Mutter mit nach Hause brachte, als ich ein Kind war. Wir teilten sie in vier Stücke, ratlos, wie wir diese essen sollten. Sie kommt aus Afrika, sagte meine Mutter und blickte die Frucht verzückt an.

Im Garten gibt es ein Plätzchen, wo die Sonne nicht hinkommt. Dort sitze ich den ganzen Tag und denke an morgen, an meine Abreise. Ich wäre gern schon unterwegs. Jan schrieb, er werde mich am Bahnhof abholen. Von dort seien es dreißig Kilometer bis zur Küste, und je näher das Meer käme, desto offener werde alles – keine Städte, keine verborgenen Hinterhöfe oder festgelegten Wege, die man nehmen muss, kein Achtgeben auf Autos oder gar auf Männer mit Messern in der Tasche.

Als es abends kühler wird, mache ich einen Spaziergang zu Elenas Haus. Die erleuchteten Fassadenfenster bilden ein Ornament, das an den Sternenhimmel erinnert. Ihr Zimmer liegt im Dunkeln. Ich lasse mich kurz auf der Bank nieder und atme die Nachtluft ein. Meine Hosenbeine flattern im Wind. Es ist halb zehn, und auf der Straße ist nichts los. Niemand, nichts – diese Stadt zermürbt mich. Ich schließe die Augen, und in Gedanken bin ich fort, in der Ferne bei ihr.

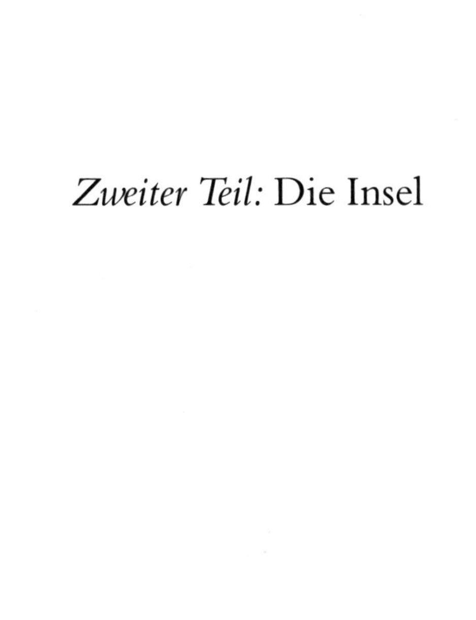

Zweiter Teil: Die Insel

1

Der Bahnhof ist winzig, nur wenige Fahrgäste steigen mit mir aus. Jan wartet neben dem Bahnsteig, an sein Auto gelehnt, winkt er mir zu. Du bist also doch gekommen, lächelt er. Aus seinem Mundwinkel ragt ein Grashalm, er ist barfuß, ein Sommermensch. Meine eigene Kleidung fühlt sich dick und klamm an, nach Überresten aus der Stadt. Ich verstehe nicht, wie ich sie den ganzen Sommer lang tragen konnte.

Wir fahren an Waldinseln vorbei über die Felder. Große Eichen ragen aus hutzeligem Gestrüpp hervor. Je weiter wir uns der Küste nähern, desto weniger Bäume gibt es, und bald liegt vor uns nur noch grünliches Grasland, das der Wind zu Boden gedrückt hat. Jan erzählt, dass ein einziger Mann all diese Felder besitzt. Er streckt den Arm aus: Zwanzig Kilometer in diese Richtung gehört alles ihm. Ein Aerodynamikforscher, fährt Jan fort. Wenn du einen fliegenden Mann siehst, erschrick nicht. Das ist er.

Auf einem Hügel hält Jan den Wagen an und stellt den Motor ab. Es dauert eine Weile, bis ich mich an die Stille gewöhne. Das Licht blendet, ich halte zum Schutz eine Hand vors Gesicht, und als ich meine Augen vorsichtig öffne, sehe ich nur Blau und Weite, und einen dünnen, farblosen Streifen Strand. Weit hinten in den Dünen steht ein Haus, dessen Frieden nichts zu stören scheint. Als ich genauer hinsehe, steht auf dem Balkon eine Frau.

2

Das Haus ist größer als ich dachte. Oft ist es umgekehrt, und in der Vorstellung wachsen die Gebäude, aus Hügeln werden Höhenzüge und aus Feldwegen Fernstraßen. Die Spielplätze unserer Kindheit waren keine reißenden Flüsse, die Kontinente in zwei Hälften teilten – es waren schlammige, erbärmliche Rinnsale, auf denen unsere weißen Schiffchen der Ewigkeit entgegensegelten.

In diesem Anwesen kann man sich verlaufen. In endlosen Gängen öffnen sich unzählige Türen. Zwei Menschen können all den Raum unmöglich füllen. Jan erklärt, dass sie im Sommer nur den Nordflügel bewohnen, wegen seiner kühlen Räume und der hellen Weite. Aber im Winter ziehen sie ins Ostende um, denn dort sind die Zimmer schmal, und in ihren Ecken stehen Holzöfen.

Wir sitzen auf der Terrasse. Eva ist groß und blond, sie hat eine laute Stimme. Ich habe sie nie näher kennengelernt, mich in ihrer Gesellschaft aber nie unwohl gefühlt. Sie hat etwas Gewöhnliches und gleichzeitig Unerreichbares. Wie jemand, der zwar anwesend, doch immer ein wenig entrückt ist.

Sie hätten auf mich gewartet, meint Jan, denn in dem riesigen Haus kann man sich einsam fühlen. Manchmal vergeht ein Tag, ohne dass wir uns sehen, sagt er. Eva nickt und schenkt aus der Karaffe kühlen Wein ein. Wir stoßen an. Ich lausche den Wellen, die an die Klippen branden. Wie sind sie entstanden? Der Gedanke beunruhigt mich, also versuche ich, mir einen Ursprung für sie auszudenken. Irgendwo in einem Winkel der Welt wirft ein Junge einen Stein ins Wasser. Vielleicht liegt gerade in dieser Welle die Bewegung seiner Hand.

3

Mein Zimmer geht zum Meer hinaus. Über der Kommode hängt ein Spiegel, sonst sind die Wände kahl. Die Decke ist hoch, ich muss kein Licht anschalten, das Tageslicht reicht bis spät in den Abend. Im Regal stehen fünf kleine Holzschachteln; ich nehme eine heraus. Kein Kästchen ist wie das andere, jedes hat eine andere Form und Farbe. Jan erzählte einst, in ihrem Haus stünden überall diese Schächtelchen, die alle etwas in sich bergen, und so sei ihr Heim voller versteckter, vergessener Dinge – Fotos, Skizzen, Briefe. Und öffnet man eine der Schatullen, führt sie vielleicht in Zeiten zurück, die Monate und Jahre vergangen sind und einem längst nicht mehr in Erinnerung waren.

Als ich die schmalen Balkontüren öffne, rieselt weiße Farbe herab. Vor mir liegt das Meer, und am Horizont zeichnet sich die Landmarke ab, von der Jan gesprochen hat. Der Turm steht vage schimmernd mitten im Wasser. Was ist es, ein Leuchtturm? Ich ziehe die Schuhe aus und spüre die Dielen unter den Füßen. Es ist ein gutes Gefühl, nach langer Zeit barfuß zu sein.

4

Ich weiß nicht, wie lange ich bleiben werde. Sie fragen mich nicht, und ich denke nicht darüber nach. Die ersten Tage vergehen unbemerkt, mit langen Spaziergängen am Strand. Ich gehe bis zu dem Punkt, an dem die Wellen aus zwei Richtungen kommen und einander in die Arme sinken. Mittags kehre ich zurück, um mit Jan und Eva zu essen. Sie lachen, sind einander vertraut. An Jans Händen klebt Farbe, und als er sich über die Stirn fährt, bleibt ein blauer Strich zurück.

Eva erzählt, dass in diesem Haus früher drei Schwestern wohnten, die nie heirateten. Eine hatte pechschwarze Haare, die anderen beiden waren blond. Eines Tages verschwanden sie und ließen nichts als das Gebäude zurück – kein einziges Foto, keinen Brief, nichts. Als hätte es sie nie gegeben. Jan erinnert sich an ein Gespräch mit einem Herrn, der sich vor Jahren hierher verirrt hatte. Er war die Küste entlanggesegelt, bis der Wind seinem Boot den Mast brach. So trieb er an den Strand und suchte in diesem Haus Schutz. Alle drei Schwestern kamen ihm entgegen und brachten ihn in ein Zimmer, von dem aus er abends einen blühenden Kirschbaum sah. Als der Mann ins Dorf zurückkam, und die Leute wissen wollten, was geschehen war, schaute er in den Himmel und sagte, ihm seien Flügel aus Taubenfedern gewachsen. Was meinst du damit, fragten die anderen. Genau das, was ich sage, erwiderte er: Ich flog über dieses Städtchen hinweg, und ihr habt mich nicht bemerkt. Seine Antwort brachte die Leute auf, sie zerrissen sein Hemd und schimpften: Lügner, Lügner.

Wenn er sich allein im Haus aufhält, sagt Jan, kommt es ihm manchmal vor, als sei noch jemand da, auch wenn das Zimmer leer ist. Es fühle sich an wie der Wind in der Nacht. Überhaupt ist er überzeugt, dass jeder Mensch Spuren hinterlässt – überall dort, wo er gewesen ist, und mit allen seinen Taten. Alles vergeht, aber nichts wird je vergessen, schließt er und streift sich nachdenklich über den Nasenflügel.

5

Nachts wache ich auf und kann nicht mehr schlafen. Ich trete auf den Balkon hinaus und sehe nur Meer. Nein, eigentlich sehe ich gar nichts, ich höre bloß sein Rauschen und weiß, dass es da ist. Am Horizont glimmt ein schwaches Licht, das Meer und Himmel trennt. In diesem Moment auf dem Balkon spüre ich Elenas Nähe, als gäbe es keine Distanz zwischen uns. Die Erinnerung an sie umschmiegt mich in der Dunkelheit wie eine zweite Haut.

Ich gehe den Gang mit den geschlossenen Türen hinunter und die Treppe hinab in das Zimmer mit der Reispapierwand. Licht schimmert durch sie hindurch. Eva sitzt regungslos im Dunkeln auf der Terrasse. Ihre Haare sind lang und blond. Sie weiß, dass ich hinter ihr stehe, sie muss meine Schritte gehört haben. Warum hat sie keine Angst? Ich könnte wer weiß wer sein.

Eva hat sich in eine Wolldecke gehüllt, die sie fest an sich zieht. Sie blickt aufs Meer hinaus und gesteht:

seine Größe macht mir Angst. Ich setze mich neben sie, und wir schauen gemeinsam aufs Wasser. Im Leuchtturm brennt jetzt Licht. Zwischendurch verschwindet es, um plötzlich wieder strahlend hell aufzuleuchten. Vielleicht verschluckt es der Nebel, der aus dem Meer steigt. Vielleicht ist es das Licht in der Ferne, das den Nebel vertreibt.

Eva spricht von den Herbsttagen, die voller Arbeit sind, und erzählt, dass sie für den Winter ein Gewächshaus bauen wollen, in dem sie Tomaten, Gurken und Paprika ziehen können. Sie findet, man solle sich kein Haus dieser Größe kaufen, es werde zu einer Lebensaufgabe. Ich höre ihr zu und schließe die Augen. Die See ist ruhig, auch auf dem Wasser bewegt sich nichts. Ich schlafe ein, und als ich später wieder aufwache, ist Eva nicht mehr da. Die Bohlen sind rutschig vom Tau, Tropfen glitzern am Geländer. Und da, Zentimeter um Zentimeter, Minute um Minute, wandert die aufgehende Sonne über die Terrasse.

6

Jan zeigt mir seine Bilder. Manche sind so riesig, dass er sie vom Rahmen lösen und zusammenrollen muss, damit sie durch die Tür passen. In den Zimmern setzt er sie neu zusammen, sodass die Leinwände alle vier Wände füllen. Es ist, als stünde man mitten im Meer: Wasser fließt ins Haus, durchflutet alle Räume und umspült uns, erweckt ein fast bedrohliches Gefühl.

Ich helfe ihm mit einem Gemälde. Wir hängen es in das Zimmer, aus dessen Fenster man im Frühling den blühenden Kirschbaum sieht. Jan steigt auf ein Gerüst und haut sich mit dem Hammer auf den Daumen. Er flucht und schwört, seine nächsten Werke würden klein, damit die Leute sie kaufen, über den Nachttisch hängen und vergessen.

Aus dem Fenster sehe ich das Meer und weit hinten am Horizont die Landmarke. Umstrahlt vom Licht des Mittags zeichnet sich ihr Umriss doppelt ab. Ich frage Jan, ob er etwas über eine Insel vor der Küste weiß. Er kennt nur eine einzige; dort gibt es einen Urlaubsort. Drei Stunden bei gutem Wetter, schätzt er. Ich erkundige mich nach weiteren Inseln, doch er schüttelt den Kopf: Das ist die einzige.

7

Eine geschlagene Stunde lang verfolgte ich heute den Flug eines Schmetterlings durch den Garten. Seine hypnotisierenden Bewegungen ließen meinen Blick nicht los. Er wirbelte herum, drehte sich im Kreis, landete kurz auf einer Mädesüßblüte, öffnete und schloss langsam die Flügel. Als ich mich näherte, flatterte er weiter, verschwand aber nicht. Er streckte sein Hinterteil hervor, wartete auf einen Partner. Schließlich hatte er genug und verschwand Richtung Himmel. Ich ging zurück ins Haus, wo ich auf Eva traf. Sie fragte, wie es mir geht, und ich antwortete ihr, gut. Tja, das habe ich im Laufe meines Lebens gelernt: Die Leute sagen nie, was sie meinen.

8

Als ich frühmorgens aufwache, begegne ich Jan und Eva in der Küche. Eva ist eleganter als sonst, trägt weiße Schuhe zum hellgrünen Rock. Aus dem Radio tönt Jazz, und Jan pfeift zur Musik. Was ist los, frage ich, und Jan klärt mich auf: Das Wetter soll heute besonders schön werden. An solchen Tagen fahren wir spazieren, sagt er und schlägt Brot in Papier ein.

Ich gehe wieder in mein Zimmer und ziehe ein weißes Hemd an. Vor dem Spiegel rücke ich den Kragen zurecht, kämme die Haare mit Wasser zurück und erwäge, was man für einen Ausflug braucht. Schließlich nehme ich mit, was zufällig auf dem Tisch liegt: einen Stift, meine Brieftasche, ein Zettelchen, eine Büroklammer und ein kleines Buch. Meine Brille aber vergesse ich glatt auf dem Nachttisch.

Eva sitzt vorne, ich hinten. Die Polster sind mit rotem Leder bezogen, die Armaturen glänzen. Jan pflegt sein Auto gewissenhaft. Er erzählt von einer Rundreise durch Europa, bei der er immer in den Außenbezirken der Großstädte haltmachte. Damals schlief er meist im Wagen, und als er eines Morgens erwachte, saß auf dem Vordersitz ein Kind. Er hatte keine Ahnung, wie es hineingekommen war und warum es so leise und reglos ausgeharrt hatte. Plötzlich öffnete es die Tür und rannte davon, verschwand auf einer Wiese zwischen Hochhäusern und Wäscheleinen.

Wir fahren durch die Felder, und vor uns breitet sich die Landschaft aus: unermesslich, überwältigend. Es geht an Häusern vorbei, die beinahe zusammenfallen, einem Eisentor, das inmitten einer Wiese steht. Weit am Horizont schimmert ein Fluss, der wie ein Spiegel daliegt; der Wald dahinter scheint mit dem Himmel eins zu werden. Und über allem liegt mitten am Tag ein merkwürdiger Dunst.

Später halten wir in einem kleinen Tal. Jan biegt von der Straße direkt ins Feld hinein. Nicht weit entfernt fließt ein kleiner Fluss, eigentlich ein Bach. Eva breitet die Decke im Schatten der Bäume aus, und wir strecken uns darauf aus. Es ist heiß. Gut gelaunt beschließt Jan, schwimmen zu gehen. Er verschwindet hinter einem Busch und späht in Richtung Straße. Es ist kein Auto in Sicht, er nimmt Anlauf und springt nackt ins Wasser. Es reicht ihm höchstens bis zum Knie, also setzt Jan sich und ruft uns etwas zu. Eva lacht. Sie fragt, ob ich baden möchte, doch ich schüttele den Kopf: ich bleibe lieber hier. Aber als Eva geht, habe ich plötzlich auch Lust. Bald hocken wir zu dritt im Bachbett und lassen uns vom Wasser umspülen. Die Sonne steht hoch, in unseren Gläsern erwärmt sich der Wein und Jan stößt mit uns auf alle Menschen der Welt an, die an Sommertagen wie diesem in einem Bach sitzen.

9

Es schüttet schon den ganzen Tag. Das Trommeln des Regens hallt in den Korridoren wider und klingt fast wie Musik. Es erinnert mich an ein altes Lied, das von einem Mädchen und einem Jungen erzählt, die sich unter einer Pappel kennenlernten, und davon, wie der Junge eine andere traf und das Mädchen so sehr weinte, dass die Blätter von der Pappel fielen und auf ihrem Kopf eine Krone bildeten. Jan erklärt mir, dass bei Regen alle Zwischentüren zu sein müssen – erst dann hat man seine Ruhe. Doch wenn es auch noch stürmt, heult der Wind unter den Türen hindurch, bis man taub auf den Ohren ist.

Nach unserem Ausflug gestern packte mich die Einsamkeit. Zurück im Haus fühlte sich alles unwirklich an, und aus dem Fenster sah ich dunkle Wolken, die sich am Horizont zusammenbrauten. Lange blickte ich auf das Buch, in dem Elenas Name stand, und spürte, wie die Entfernung wuchs. Ich konnte mich kaum an ihr Gesicht erinnern, an ihr Lachen oder das Geräusch ihrer Tasche, die rhythmisch gegen die Hüfte schlägt.

Ich gehe hinunter in den Raum, in dem Eva sitzt und liest. Sie hängt ihren Gedanken nach, in ihrem Schweigen liegt etwas Feierliches. Ich möchte sie nicht stören. Ich wandere im Zimmer umher und bleibe zwischendurch am Fenster stehen: Alles ist umhüllt von regnerischem, grauem Nebel. Die Scheiben beschlagen von innen, und ich schreibe mit dem Finger einen Namen ans Glas.

Ich sage: In ein paar Tagen fahre ich auf die Insel und bleibe einige Nächte. Eva schaut von ihrem Buch auf und fragt nach meinem Grund. Ich brauche Abwechslung, behaupte ich, außerdem hätte ich von einem schönen Urlaubsort gehört. Eva war schon einmal dort, vor einigen Jahren, wurde aber schon während der Überfahrt seekrank. Die Übelkeit ließ auch auf der Insel nicht nach, erinnert sie sich, und überhaupt: Der Ort sei irgendwie seltsam.

Ich habe keine Vorstellung von der Insel, doch ich sehe eine weiße Terrasse, an deren Ende eine Frau steht. Sie mustert mich, ohne sich zu bewegen. Als ich aus dem Fenster schaue, ist der Nebel plötzlich fort, und das Meer scheint ins Zimmer zu stürzen.

10

Ich packe zwei Hemden, eine Hose, Unterwäsche und Waschzeug in eine kleine Tasche. Ab morgen soll es heiß werden, sagt Eva, deine Sachen sind viel zu dunkel. Sie bietet mir eine von Jans Hosen an, wir haben ungefähr die gleiche Größe. Ich schüttele den Kopf: Ich bin an das Dunkle gewöhnt, außerdem ist es auf See immer windig.

Jan bringt mich mit dem Auto ins nächste Dorf, von dem aus täglich eine Fähre zur Insel übersetzt. Es regnet nicht mehr, aber die Straße ist noch nass. Ich mag die Natur nach dem Regen – wenn die Luft noch feucht ist und alle Farben strahlender sind als sonst. In der Sonne wirkt alles blass und weit entfernt.

Jan kann nicht ganz glauben, dass ich nur zum Urlaub auf die Insel fahre. In letzter Zeit sei ich seltsam still gewesen, er mache sich Sorgen. Was ist denn so Besonderes auf der Insel? Jan schüttelt den Kopf. Keine Angst, beruhige ich ihn, ich komme auf jeden

Fall wieder. Natürlich, warum auch nicht? fragt er und schleudert beinahe aus der Kurve.

Als die Fähre ablegt, gehe ich rauf aufs Deck. Jan winkt mir vom Kai aus zu. Seine Gestalt wird immer kleiner, bald kann ich ihn in der Menschenmenge nicht mehr ausmachen. Ich drehe mich um, der Wind bläst mir ins Gesicht. Das Dröhnen der Maschine geht durch meinen ganzen Körper, und ich spüre die Bewegung des eisernen Schiffsrumpfes. Er schiebt sich ins Meer, steigt und steigt, immer wieder, und schlägt in den nächsten Wellenkamm.

11

In der Ferne ist die Insel zu sehen, ein lautloser, dunkler Punkt. Die Fahrgäste lehnen an der Reling, ein Mann schaut durch ein Fernglas. Der Wind stiehlt einer Dame ihren breitkrempigen Hut, ein Junge läuft ihm nach, bekommt von der Besitzerin einen Kuss und wird rot. Er ist kaum zehn Jahre alt, noch in dem Alter, in dem man einen Kuss als Strafe empfindet.

Weiter entfernt sitzt ein älteres Ehepaar, sie lehnt an der Schulter ihres Mannes. Er hat den Arm um sie gelegt und streichelt ihr über die Bluse. Ich versuche, mir ihr Leben vorzustellen, vor meinem geistigen Auge entsteht ein vages Bild: Zu ihrem Haus gehört ein großer Garten, und vielleicht sind ihre Kinder bereits Eltern. Alle Enttäuschungen liegen hinter ihnen und belasten sie nicht mehr. Sie haben noch Träume. Jetzt öffnet die Frau ihre Augen und blinzelt mich einen Moment lang an. Ich wende den Blick ab. Am Himmel sind Möwen, das Ufer kann also nicht weit sein.

12

Die Insel hat die Form eines Seesterns, dessen Arme in alle vier Himmelsrichtungen zeigen. Der Hafen liegt in einer Bucht, an der Spitze der Landzunge erhebt sich ein Leuchtturm. Bei gutem Wetter ist sein Licht bis zum Festland zu sehen. Überall ragen felsige Steilküsten empor, nur am Südufer gibt es einen reinen Sandstrand. Er gilt als einer der schönsten des Landes, und doch ist die Insel nie überlaufen. Sie ist viel zu abgelegen.

Ich entscheide mich für das günstigere der zwei Hotels. Die Zimmer sind ohne Meerblick, aber man schaut unten auf die Terrasse des Restaurants und auf den Rasen dahinter, an dessen Ende ein Gartenhäuschen steht. Am Waldrand beginnt zwischen den Bäumen ein Weg, über den Ulmen und Eichen ihre Schatten spendenden Äste breiten. Auf dem Rasen schlendern weiß gekleidete Gäste umher, einige Paare mit Kindern. Ich sehe den Kleinen zu, wie sie sich ge-

genseitig ein Bein stellen und ein kleiner Junge einem Mädchen den Hut klaut.

Eigentlich kann ich mir Hotelübernachtungen nicht leisten, aber ich werde nur wenige Tage bleiben. Ich hänge meine Hemden in den Schrank, die Hose über einen Bügel und stelle im Bad mein Waschzeug ins Glasregal. Auf dem Bett ausgestreckt, sehe ich dem Ventilator zu, der sich an der Decke dreht. Der Luftzug ist leicht, aber deutlich spürbar. Wer hat dieses Zimmer vor mir bewohnt? Ich hebe den Kopf und halte Ausschau nach Hinweisen, einem Fleck im Kissenbezug, Resten im Aschenbecher. Irgendetwas muss doch zurückgeblieben sein. Niemand verschwindet einfach so, ohne jede Spur.

13

Elena kann überall sein. Vielleicht arbeitet sie als Kellnerin im Restaurant, als Zimmermädchen im Hotel oder als Rettungsschwimmerin am Strand. Vielleicht sitzt sie mit weißer Bluse in irgendeinem Büro am Telefon. Im Sommer sind diese Orte voller Studenten, die Geld für das nächste Studienjahr verdienen. Andere wiederum fahren ins Ausland, auf der Suche nach Abenteuern.

Ich weiß nicht, ob Elena Geld spart oder Abenteuer sucht. Im Sommer entwickeln sich Liebschaften. Ich versuche, nicht daran zu denken, vertiefe mich stattdessen in die Karte der Insel und umkringele alle Hotels und Restaurants, insgesamt weniger als zehn. Ich male Kreise um alle Touristeninformationen und um die kleine Straße mit den Souvenirläden. Dann teile ich die Insel in drei Gebiete.

Am Strand vor dem Hotel ziehe ich im Sand die Schuhe aus. Ich kremple die Hosenbeine hoch und schlendere am Wasser entlang. Die Leute rennen in die Wellen und kommen vor Kälte bibbernd wieder raus. Blasse Körper; schmale Handgelenke. Die Sonne steht senkrecht. Ein Strandball landet vor meinen Füßen, und ich schieße ihn zurück. Ich spähe in alle Buden, die Eis und Erfrischungen bieten, aber Elena ist nicht zu sehen.

Am späteren Nachmittag sind weniger Leute unterwegs. Zwei Frauen gehen lächelnd an mir vorbei. Sie haben Wickelröcke um ihre Hüften gebunden, unter den Bikinis schaukeln die Brüste. Ich sehe ihnen nach, die Wellen umspülen meine Zehen. Wind kommt auf, und ich begreife, dass Tage oder Wochen vergehen können, ehe ich sie finde.

14

Mein Abendbrot nehme ich allein im beinahe leeren Speisesaal ein. Ein anderes Restaurant veranstaltet einen karibischen Abend, erzählt mir der Ober, und alle sind dorthin gegangen. Die Leute seien verrückt nach Sachen, die auch nur ansatzweise exotisch sind. Es wurden extra drei dunkelhäutige Damen eingeflogen, sagt er.

Ich lausche der Musik, die durch den Saal klingt: Tschaikowskys Violinkonzert erinnert mich an einen Abend, der viele Jahre zurückliegt. Ich war auf Reisen, wie jetzt, saß im Speisesaal, der auch damals leer war, und sah hinaus auf die Straße. Vor dem Fenster eilten Menschen entlang. Plötzlich verlangsamte ein Mann seine Schritte, blieb stehen und blickte durch die Scheibe hindurch ins Restaurant. Er musterte mich, und während ich sein Gesicht betrachtete, kam es mir vor, als schaute ich mich selbst im Spiegel an, in einer anderen Zeit, an einem anderen Ort. Er sah mich einen Wimpernschlag lang an und verschwand in der Dunkelheit. Danach saß ich eine ganze Weile an meinem Platz, ohne das Essen oder den Wein vor mir anzurühren, und fühlte mich zum ersten Mal im Leben wirklich verloren.

Am späteren Abend verlasse ich den Speisesaal und schließe mich der karibischen Veranstaltung an. Die Musik ist viel zu laut, die Gesichter der Gäste glühen. Drei dunkelhäutige Frauen tanzen auf dem Parkett, lassen ihre Hüften kreisen, und die anderen ahmen ihre Bewegungen nach. Ich drehe mehrere Runden über die Terrasse und durch den Saal, kann Elena aber nirgendwo finden. Überall, wo ich nach ihr schaue, sehe ich in trunkene Augen, die, maskiert, im anderen suchen, was sie längst verloren haben.

15

Ich finde keinen Schlaf. Durchs offene Fenster dringen verstörend und beängstigend die Geräusche der Nacht. All das Zirpen und Heulen aus dem Wald. Der eisige Wind, der westwärts über das Meer weht. Aus dem dunklen Garten steigen Schatten, Bäume verändern ihre Form, und aus einigen Fenstern fällt Licht auf den Boden.

Ein Knall, gefolgt von einem gedämpften Aufprall, lässt mich zusammenfahren. Die Uhr zeigt halb vier. Ich springe aus dem Bett und spähe aus dem Fenster. Auf dem Rasen liegt eine weiße Gestalt. Wie ein leichter Schleier breitet sich der helle Stoff über der Erde aus, etwas entfernt schimmert ein weißer Schuh. Die Frau ist aus dem Fenster gesprungen, das ist die einzig mögliche Erklärung. Sie ist höchstens vier Meter tief gefallen, mit viel Glück lebt sie noch. Da hebt sie schon den Kopf, und aus dem Zimmer über mir höre ich eine Männerstimme. Im Gras glänzen Glasscherben. Ich ziehe meine Jacke über, eile die Treppe hinunter in die Lobby und durch die Hintertür in den Park. Die Frau sitzt auf dem Boden und behauptet, es sei alles in Ordnung. Sie sieht blass aus, der Rasen ist feucht vom Tau. Sie sind eben aus dem Fenster gefallen, es kann nicht alles in Ordnung sein, sage ich. Alles bestens, versichert sie, und als ich zum zersplitterten Fenster hinaufsehe, steht dort starr ein Mann mit stummem, grausamem Gesicht.

16

Am dritten Tag kehre ich früh und ziemlich enttäuscht vom Strand zurück. Es ist kaum zwölf Uhr, trotzdem habe ich schon Hunger. Am Mittagstisch treffe ich die Frau, die aus dem Fenster gestürzt war, mit ihrem Mann. Sie nickt mir zu, doch sonst verhalten sich die beiden, als sei nichts gewesen. Ein Löffel klirrt, sie schaut ihn kurz an, zwischen ihnen herrscht süße Gleichgültigkeit.

Ich nehme die Treppe in den zweiten Stock, steuere auf mein Zimmer zu und bleibe wie angewurzelt stehen: Aus meinem Zimmer tritt eine Frau, macht die Tür zu und dreht den Schlüssel zweimal im Uhrzeigersinn; bei jeder Umdrehung knackt das Schloss. Ohne mich wahrzunehmen, geht sie den Gang in die andere Richtung hinunter. Sie trägt die einfache Uniform der Zimmermädchen, rosa, etwas militärisch. Der taillierte Schnitt betont ihr Gesäß.

Als Elena sich umdreht, sehe ich ihr Profil. Auf ihrem

Gesicht liegt ein müder Schatten - schläft sie auch genug? Zwischen den hervortretenden Schlüsselbeinen ist eine Mulde entstanden, ihre Schultern sind spitz, die Haare dunkel und zu einem Knoten gedreht, unter einer Strähne schaut ein Ohrläppchen hervor. Ich blicke auf ihre sonnengebräunten Arme, die abgetragenen Sandalen. Spüre den Rhythmus ihrer Schritte.

Elena biegt um die Ecke, und ich folge ihr lautlos. Sie greift nach dem Putzkarren und streicht sich die Haare hinters Ohr. Der Karren klappert. Vor einem anderen Zimmer bleibt sie stehen und klopft. Als niemand antwortet, dreht sie den Schlüssel zweimal gegen den Uhrzeigersinn, bei jeder Umdrehung knackt es. Die Tür schließt sich hinter ihr, und ich bleibe im Flur zurück.

17

Sie war in diesem Zimmer. Ich berühre die Türklinke, als sei sie ihre Hand. Das Echo ihrer Schritte, hastiger Bewegungen hierhin und dorthin, hängt noch im Raum. Vielleicht saß sie kurz zum Ausruhen hier auf der Bettkante und hinterließ dabei die Mulde im Bettzeug. Der Abdruck ihres Gewichts in weißen Laken.

Ich weiß noch, dass mein Hemd zerknüllt auf dem Stuhl lag, doch jetzt finde ich es säuberlich im Schrank, mit gerichtetem Kragen, bis oben hin zugeknöpft. Ich kann mich nicht erinnern, wann eine Frau mein Hemd so sorgfältig und schön aufgehängt hätte. Sie macht alles routiniert, weiß, was sie tut. Sie summt vor sich hin. Woran denkt sie? Vielleicht an den Abend, wenn der Tag vorüber ist und der Sandstrand verlassen daliegt.

Elena hat das Fenster geöffnet, aber ich schließe es schnell, damit ihr Duft nicht verloren geht. Er ist noch im Raum und so anders als alle anderen Gerüche, dass ich ihn überall wiedererkennen würde. Doch wenn ich ihn beschreiben müsste, könnte ich nicht sagen, was ihn ausmacht, ein Hauch Jasmin, Gardenie oder etwas noch Feineres und Raffinierteres.

Also. Sie ist flink, schüttelt das Bett auf, faltet die Handtücher im Bad und hängt sie auf die Stange, ordnet den Kleinkram, der sich auf dem Tisch angesammelt hat, leert den Mülleimer, wischt mit einem Lappen über die Tischplatte, zieht die Gardinen zur Seite und öffnet das Fenster. Ich sitze daneben, während sie am Fenster steht und nachdenklich in den Garten schaut. Dann dreht sie sich lächelnd um. Wenn ich mich ein wenig strecke, kann ich ihre Hand berühren.

18

Ich kenne Leute, deren Liebe zerstört ist. Ihre Hoffnungslosigkeit kannte keine Grenzen mehr, und schließlich sind sie in ihr versunken. Die Welt ist voller Zeugnisse solcher Liebesgeschichten. Ein Bekannter sagte einmal: Die Liebe ist alles. Als ich ihn fragte, was er damit meinte, erwiderte er: Die Liebe ist alles, denn alles, was wir im Guten sagen, ist Liebe, und alles, was wir im Schlechten sagen, ist verlorene Liebe. Alle Taten haben ihren Ursprung in der Liebe oder sind ein Mahnmal ihrer Zerstörung. Es gibt keine Tat, die nicht auf die Frage antwortet: Wer hat mich geliebt? Ohne die Liebe bleiben nur Einsamkeit und Tod. Deshalb bin ich gezwungen zu sagen: Die Liebe ist alles. Das hat er gesagt, gezwungen. Wortwörtlich.

19

Zwei Tage bleibe ich noch auf der Insel. Am ersten Tag wandere ich bis zum Mittag nervös in meinem Zimmer auf und ab. Was ist, wenn Elena mich erkennt? Wir sind uns nur einmal von Angesicht zu Angesicht begegnet. Trotzdem. Manche Menschen vergessen Gesichter nie.

Es klopft an der Tür. Ich taste auf dem Tisch nach meiner Uhr und bitte sie, einen Moment zu warten. Die Jacke macht mir Probleme, ich versuche vergeblich, den Ärmel zu finden. Als ich die Tür öffne, gehen wir aneinander vorbei, und mein Arm streift leicht den ihren. Elena hat es eilig, sagt nur knapp Guten Morgen. Sie sieht mich kaum an.

Ohne stehen zu bleiben gehe ich die Treppe hinunter und durch die Rezeption hinaus in den Garten, laufe weiter zum Strand und mache erst halt, als das Meer mir entgegenkommt. Am Horizont gleitet ein weißes Schiff mit dampfendem Schornstein entlang.

Der Himmel ist wolkenlos, die Sonne steht im Zenit. Ich setze mich und male ihren Namen in den Sand, wieder und wieder, denn jedes Mal spült ihn eine neue Welle fort.

Am letzten Tag sehe ich Elena nicht mehr. Eine andere räumt mein Zimmer auf. Enttäuscht schaue ich die kleine Frau mit den rundlichen Armen an. Ich frage, was mit ihrer Vorgängerin passiert ist. Sie hat einen freien Tag, erfahre ich. Nachdem das Zimmermädchen gegangen ist, rufe ich Jan an: Morgen Vormittag komme ich zurück, gleich mit der ersten Fähre.

20

Das Meer ist heute außergewöhnlich ruhig. Die Oberfläche wirkt wie Glas, auf dem man laufen kann, aber darunter ist es kalt und dunkel. Wenn die Fische zwischendurch auftauchen, stürzen die Vögel sich senkrecht hinab. Ich habe von Fischen gelesen, die nie nach oben kommen, die grotesk aussehen, in Untiefen und Abgründen leben. Ihre Augen stehen hervor wie brennende Glühbirnen.

Die Fähre löst sich vom Anleger, als löse sich meine Hand von ihrer. Ich schaue nicht zurück. Auf dem Deck setze ich mich unter den Sonnenschutz, und die Müdigkeit übermannt mich. Ich schließe die Augen, aber das Licht dringt durch die Lider, blendend hell. Der Motor geht gleichmäßig, das Schiff schaukelt leise, und ich schaukele mit; ich träume mich fort und schlafe die ganze Überfahrt hindurch, von der Insel bis zum Festland.

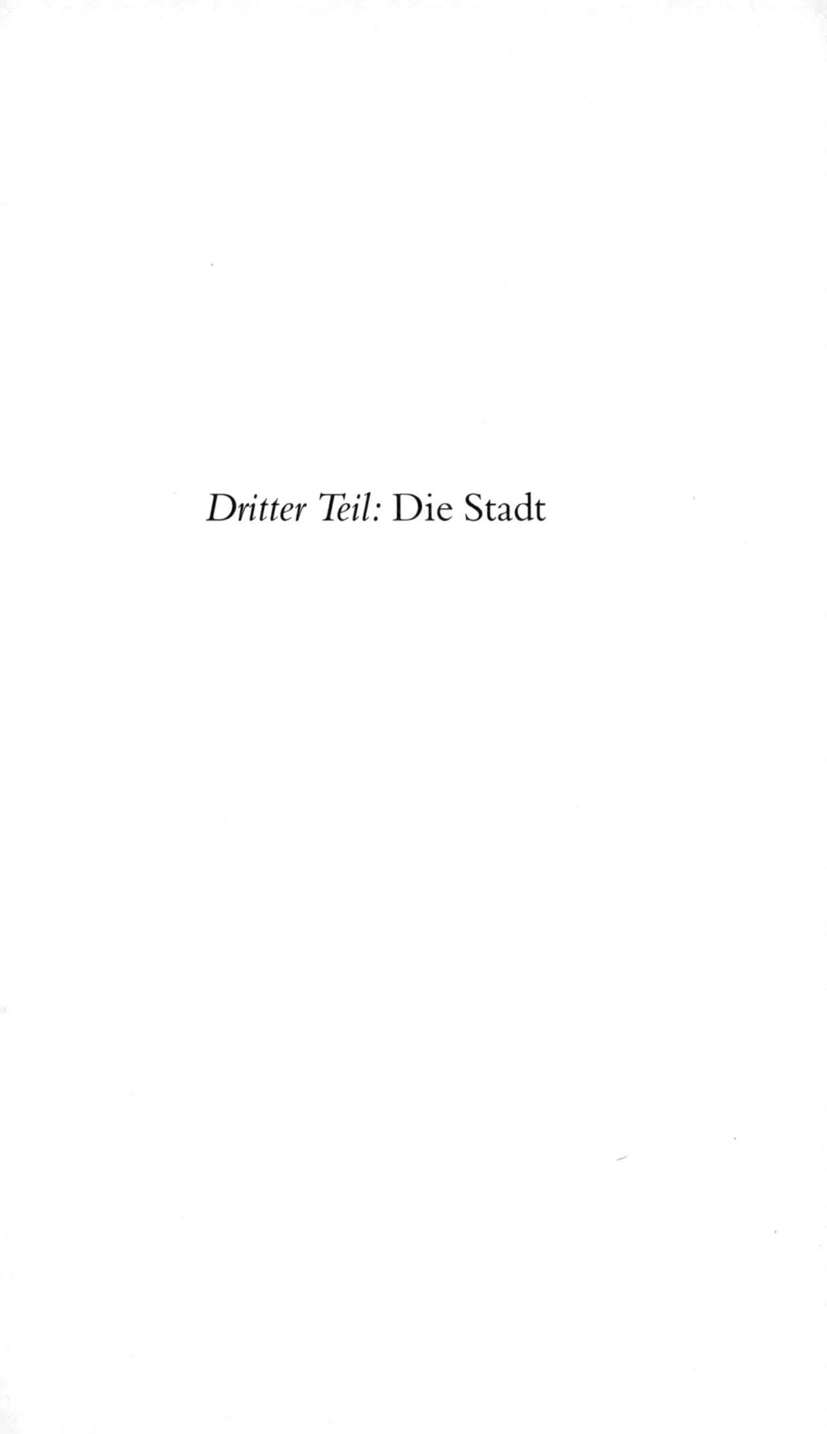

Dritter Teil: Die Stadt

1

Es ist August, und die Stadt hält den Atem an, wappnet sich für das Unausweichliche, den Lärm und Stress, den endlosen Regen des Herbstes. Die Leute kehren von Dörfern und Stränden zurück, neue Kleider und dieses besondere Lächeln im Gepäck. Sie haben Fotos dabei, auf denen Kinder mit Kletten an den Hemden durch Wiesen rennen. Ihre Haare sind kurz geschoren, die Füße übersät von roten Stichen und ihre Hosentaschen prall von gemopsten Zuckerstückchen.

Zwei Wochen war ich noch bei Jan und Eva, dann kehrte ich in die Stadt zurück. Hier ist alles wie immer. Oben hört man es rumpeln, und das Wasser in der Vase ist verschimmelt. Der Garten wuchert wild, die Erde ist in der Sonne verbrannt, und die Blätter sind in der Hitze gelb und braun geworden.

Die letzte Woche verging mit der Erledigung von Dingen, die sich zwangsläufig ansammeln, wenn man weg ist. Die Frau in der Wäscherei sagte mir, dass der

Tomatenfleck im Oberhemd sich nicht entfernen lässt. Sie ermahnte mich, niemals im weißen Hemd Tomatensoße zu essen. Dabei hielt sie ihren Finger hoch wie meine Mutter. Und aus irgendeinem Grund schämte ich mich.

Ich habe aufgeräumt und alte Zeitungen entsorgt. Die Tage sind windig und duften nach Herbst. Ich mag die Spätsommertage, die langen Abende, wenn es noch hell ist. Heute beobachtete ich am Fluss einen einsamen Kranich. Bisher hatte ich sie nur zu zweit oder zu dritt gesehen, nie allein. Sie staken merkwürdig mit ihren langen Beinen.

2

Elena ist zurück. Ihre Haare sind kürzer. Die Frisur sieht modern aus, und als ich sie zum ersten Mal sehe, bin ich schockiert. Ich mochte lange Haare schon immer lieber, doch das ist nebensächlich. Es kommt mir vor, als habe sie sich noch auf eine andere, weniger genau bestimmbare Weise verändert, und das beunruhigt mich mehr.

Zuerst sah ich sie am Fenster. Eines Abends war die Wohnung erleuchtet und eine weibliche Gestalt bewegte sich hinter den Scheiben. Ich stand im Schatten des Baumes vor ihrem Haus und war erleichtert – immerhin hatte ich jeden Abend dort gewartet, seitdem ich zurück in der Stadt bin.

Morgens gehe ich in den Park, doch Elena kommt nicht vorbei. Das Semester beginnt erst Anfang September, und ich sitze allein unter der Kastanie. Die Frau mit Hund wirft mir im Vorübergehen einen Blick zu. Ich schaue weg, in den fahlen Morgenhimmel. An manchen Abenden, wenn Elena ihre Gardinen einen Spaltbreit öffnet, sehe ich sie kurz. Manchmal kommt sie aus der Tür, springt die Stufen hinunter, steckt ihre Hände tief in die Taschen und verschwindet mit schnellen Schritten um die Ecke. Wohin hat sie es so eilig?

Wie im Traum gehe ich meine alten Wege. Ich nehme die Straßenbahn und fahre an Busdepot, Sternwarte und Gemüsehändler vorbei. An der siebten Haltestelle steige ich aus und schlendere geradeaus die Straße hinab. Morgens bin ich im Park und abends vor ihrem Haus. Einmal nickte ich kurz an den Baum gelehnt ein. Ist eigentlich alles Geometrie? Wenn ich den Stadtplan aufschlage und eine gerade Linie von meinem Zuhause in den Park, von dort zu Elenas Wohnung und zurück zu meiner ziehe, habe ich ein gleichschenkliges Dreieck vor mir.

3

So wie das Licht sich langsam verändert und die Gartenmauer entlangwandert, versinke ich, ans Fensterbrett gelehnt, im Halbschlaf. Das Wasser in der Vase perlt nicht mehr. Ich werde nicht älter, spüre keinen Schmerz. Meine Einsamkeit ist die eines Baumes, leise und schwer. Ich kannte einmal einen Mann, der überzeugt war, die Menschen würden nach ihrem Tod zu Bäumen werden. Wie lässt sich sonst erklären, fragte er, dass immer, wenn ein Mensch stirbt, irgendwo ein Baum wächst? Mir fielen sofort mehrere Gründe ein, aber als ich eine Weile nachgedacht hatte, war ich mir nicht mehr so sicher. Was, wenn der Mann recht behielt, und wir alle zu Kiefern, Espen und Pappeln werden, oder mit etwas Glück zu Silberweiden, die sich über Flussufer neigen? Und in dem Fall: Wer ist der Baum vor meinem Fenster?

4

Es ist der letzte Tag im August, ich bin unterwegs zu Elenas Wohnung. Es dämmert schon, und die Straßenlampen gehen an. In diesem Herbst werden die Laternen eine Stunde später angestellt als letztes Jahr, denn die Stadt spart. Vielleicht rührt meine böse Vorahnung von der Dunkelheit her. Ich lausche, doch meine Schritte bleiben das einzige Geräusch.

Elenas Fenster ist dunkel. Ich stelle mich unter den Baum und warte. Auf meiner Armbanduhr ist es halb neun. Der Baum, ein alter Ahorn, duftet herb. Die Uhr geht seit einiger Zeit nach. Wind kommt auf, die Blätter des Ahorns streifen mein Gesicht, und sein Schatten schwankt unruhig auf der Straße.

Nach einer Stunde höre ich das Dröhnen eines Motorrads. Ein einzelnes Licht nähert sich und bleibt vor dem Haus stehen. Ich trete in den Schatten zurück. Der junge Mann reißt den Riemen seines Helms auf und entblößt sein Gesicht, streift die Haare zurück.

Eigentlich ist er noch ein Junge, die Züge träumerisch und unsicher. Ich beobachte, wie er mit wenigen Sprüngen im Treppenhaus verschwindet und einen Augenblick später wieder draußen erscheint. Was macht er? Er schaut zu Elenas Fenster und hüpft ein paarmal hoch. Er ist nervös. Ich trete auf einen Zweig, der knackend zerbricht. Der Junge erschrickt und fährt herum. Er sieht in meine Richtung, aber ich rühre mich nicht. Im Schatten des Baumes ist es stockfinster.

Der junge Mann starrt aufs Fenster, ich auf ihn, und mit einem Mal schwindelt mir. Die Distanz nimmt zu, etwas zerbricht, und plötzlich bin ich weit entfernt, sehr weit, auf der anderen Seite der Dunkelheit. Ich beobachte den Jungen und sehe mich selbst vor vielen Jahren, das unsägliche Hoffen, die schmächtigen Hände, die ihren Platz in der Welt nicht finden. In diesem Moment wird alles klar, Umlaufbahnen überschneiden sich, der Junge steht an meiner Stelle, die Welt ächzt und dreht sich um ein paar Grad. Elena ist in die Stadt zurückgekehrt, die Haare kürzer, die Schritte wie immer, etwas ist anders, sagte ich, doch nicht an ihr, sondern an mir. Und als der Wind auffrischt, erinnere ich mich an Sommertage, an denen meine Frau und ich weit von hier fortfuhren, als die Luft vom Regen rein war und wir in einem Garten saßen, umgeben von Johannisbeeren in verschwenderischen Reihen, diesen zwergenhaften Sträuchern, in deren Schatten es sich gut liegen lässt, um mittägliche Sterne zu suchen. Ich scheuche die Erinnerung aus meinem Kopf, stoße sie von mir, aber es ist schon zu spät, mich überfluten tausend Bilder, in unberechenbarer, komplizierter Folge, und plötzlich liegt alles vor mir, was ich verwirkt oder verloren habe und unbedingt vergessen wollte.

Ich schrecke auf, als Elena im Hof erscheint. Der Junge greift nach ihrer Hand, und Elena schreit auf. Streiten sie? Nein, sie küssen sich. Sie verschwinden im Treppenhaus, und ich weiß nicht, was ich tun soll. Der Baum knarrt im Wind. Mein Kopf scheint keinen Halt zu haben, die Straße dreht sich vor meinen Augen. Ich laufe hinter ihnen her, in den ersten Stock, stehe vor Elenas Tür. Nichts zu hören. Ich sinke auf die Knie und drücke ein Ohr an die Tür. Der Fußboden ist kalt und hart. Zuerst höre ich den jungen Mann, dann Elenas erstickte Laute, und ich weine. Ich weine auch dann noch, als Elenas Stimme verstummt ist und eine Frau an mir vorübergeht, stehen bleibt und den Kopf schüttelt. Sie fordert mich auf, zu verschwinden, bevor sie noch die Polizei ruft.

5

Als ich am nächsten Tag früh im Park sitze, geht die Frau mit ihrem Hund an mir vorbei. Seit dem Ende des Winters habe ich sie morgens öfter gesehen. Auch sie kommt immer zur gleichen Zeit, spaziert durch den Park und macht kurz halt, um den Vögeln beim Bad im Springbrunnen zuzusehen. Plötzlich dreht sie sich um, zerrt ihren Pudel hinter sich her, kommt zu mir herüber und baut sich vor mir auf. Als ich zu ihr aufsehe, treffen mich ihre blitzenden Augen. Ich weiß, was Sie wollen, Sie sind ein kranker Mann, schimpft sie.

Ich bleibe sprachlos auf der Bank sitzen und sehe, wie die Frau sich entfernt. *Sie sind ein kranker Mann.* Ich versuche aufzustehen, doch meine Beine sind schwer. Ich blicke zum Westende des Parks mit seiner knarrenden Eisenpforte und den Bäumen, deren Zweige sich unter dem Gewicht der Blätter biegen. Elena kommt nicht. Ich bin krank. Und füttert überhaupt jemand diese Vögel?

Erst spät am Nachmittag stehe ich auf und gehe nach Hause. Der Himmel ist wolkenverhangen, für den Abend ist Regen angekündigt. Ich schaue noch einmal in den Park zurück, zum Kastanienbaum, der Bank. Dann wende ich mich ab.

6

Im Traum sehe ich die Frau auf ihrem weißen Pferd. Sie steht reglos da, den Blick in die Ferne gerichtet. Die weiße Fahne flattert im Wind, doch ihre Hand gibt nicht nach. Sie hat die Stange fest im Griff, lässt niemals los. Ihre Miene ist gelassen, sie weiß etwas, das niemand sonst weiß. Sie trauert für alle, die es selbst nicht können. Eines Nachts wache ich auf und stelle das Radio an. Zuerst rauscht es, dann höre ich eine ferne Sendestation, eine fremde Sprache, leise komplizierte Worte in der Nacht, kaum auseinanderzuhalten. Ich hole ein Foto hervor, das umgeklappt im Regal liegt, und betrachte es lange, die Ähnlichkeit ist verblüffend. Elena. Greta. Und umgekehrt. Beide sind jung, und vor ihnen liegt der ganze Glanz eines ungelebten Lebens. Sie sind ein- und dieselbe, und dann wieder nicht, meine doppelte Buchführung.

7

Heute werfe ich zufällig einen Blick in den Kalender und stelle fest, dass ich Geburtstag habe. Ich werde 81 Jahre alt. Es ist ein Monat vergangen, seit ich Elena das letzte Mal sah. Morgens war ich nicht mehr im Park und abends nicht unter ihrem Fenster. All diese Tage saß ich zu Hause und räumte auf, ordnete und archivierte.

Ich habe den leeren Raum geöffnet und bin hineingegangen. Die Tür war nicht verschlossen, nichts hat mich daran gehindert, das Zimmer schon früher zu betreten, nur die Angst. Da ist unser gemeinsames Bett, die Laken noch zerwühlt, Flecken im Kissen, auf dem Nachttisch eine stehen gebliebene Uhr, ein halb gelesener Roman, eine ausgebrannte Glühbirne, ihre Haarbürste, ihr silberner Spiegel, und über dem Bett ein Gemälde, das wir beide liebten. Ich hatte es ihr einst geschenkt, eine billige Farbkopie von einem Strand am Mittelmeer, Sonnen, Palmen und weißen

Gebäuden. Dorthin wollten wir immer. Im Nachhinein denke ich, Träume haben uns verbunden.

Ich öffne den Schrank, hole ihren grünen Rock heraus und die mehrfach geflickte Hose, ihre Gartenhose, die an den Knien durchgescheuert ist. Sie scheint alles aufbewahrt zu haben – sogar diesen Hut, den der Regen verdorben hat, und den ich trug, als wir uns das erste Mal trafen. Ich ziehe alle Schränke und Schubladen auf, und plötzlich liegt alles vor mir, bloß und wund. Ich sehe mir Fotoalben an, lese Briefe und sinne über die Poststempel nach, blättere in Büchern, aus denen ausgeschnittene Artikel fallen, Karten, Staub und Zettel. Es dauert lange, im Alter geht alles langsamer. Draußen stürmt es, zwischendurch fließt Regen die Fensterscheiben hinunter, ergießt sich ohne Vorwarnung und prasselt auf das Fensterblech. Es ist Herbst, und ich trauere.

8

Kann man jemals bereit sein? Das Telefon klingelt, und an meinem Kinn klebt Rasierschaum. Ich haste durch das Zimmer und nehme den Hörer ab. Es ist Jan. Er bemerkt meine Enttäuschung und fragt, ob ich jemand anderes erwartet habe. Ich schwindele ihn an und behaupte, auf einen Anruf meiner Bank zu warten. Wir sprechen über seine kommende Ausstellung, und er erzählt, dass Eva mich vermisst. Es fühlt sich leer an ohne dich, sagt er und fragt, was ich Weihnachten machen will. Sie geben ein Fest. Ich verspreche, darüber nachzudenken und ihn zurückzurufen. Greta hatte mich einmal gefragt, ob ich sie immer lieben würde. Ich antwortete ihr nicht und habe diesen Moment des Zweifelns seither bereut.

9

Ich bringe Ordnung in mein Leben, setze Vergangenes an seinen Platz. Manchmal gehe ich in der Stadt spazieren, aber es ist mehr ein Herumstreifen, ohne bestimmtes Ziel. Vielleicht komme ich am Busdepot, der Sternwarte und dem Gemüseladen vorbei, oder ich bleibe stehen und beobachte die Jungs, die neben der Glasfabrik hinter dem Fußball her über ein schlammiges Feld schlittern. Im Garten vor einem Haus sitzt ein Mädchen auf der Schaukel, und ich fühle mich, als würde auch ich schaukeln, vor und zurück in der Zeit, ohne die Vergangenheit oder Zukunft fassen zu können.

Wenn ich nach Hause komme, steht Gretas Foto auf dem Tisch, und ich sitze stundenlang davor. Ich habe Dutzende oder Hunderte Bilder, aber aus irgendeinem Grund ist mir dieses am liebsten. Im Vordergrund nimmt ein riesiger Sonnenschirm das Foto ein. Greta lehnt an einem eisernen Geländer, ganz leicht nur, ihre Ellenbogen berühren die Balustrade kaum. Sie hat die Beine gekreuzt, Knöchel auf Knöchel, und ihr Rock reicht bis knapp unter die Knie. Das weiße Hemd betont ihre sonnengebräunten Arme. Sie trägt einen Hut, der am Kopf anliegt und faszinierend schief sitzt; ihre Haare sind im Stil der Zeit frisiert, zu einer dicken Locke unter den Ohren, sie trägt weiße Schuhe, eine hölzerne Halskette, und unter dem Hemd wölbt sich ihr Busen. Über all dem liegt gleißendes Mittagslicht, und hinter ihr das Meer ohne Strand oder Inseln. Das Foto ist in den Vierzigerjahren entstanden, einige Jahre nachdem wir uns kennenlernten. Warum gerade dieses Bild? Gretas Gesicht liegt halb im Schatten, und insgesamt steht sie weit entfernt. Ihre Züge sind kaum zu erkennen, ich kann nicht einmal sagen, ob sie glücklich oder traurig schaut, verführerisch oder gelangweilt. Aber eines weiß ich: Dieses Foto fängt das Rätsel ein, in das ich mich verliebte, das ich immer noch liebe, auch wenn sie nicht mehr da ist. Seltsam, aber ich kann mich nicht entsinnen, die Aufnahme gemacht zu haben, kann ihr keinen Platz in meiner Erinnerung zuordnen – es ist, als sei diese Stelle am Meer einer jener Orte, in die das Vergessen seine bleibende Spur gefressen hat.

Das verwirrt und verunsichert mich und verschleiert Gretas Geheimnis, zu dem ich keinerlei Zugang habe, und das Eigenartigste: Ich bin eifersüchtig. Da lehnt sie am Geländer, auf ewig unerreichbar, und plötzlich will ich nichts so sehr wie mich erinnern.

10

Eines Abends schlendere ich eine belebte Straße hinunter, die unmittelbar neben dem Stadtzentrum liegt. Das Wochenende beginnt, viele Menschen sind unterwegs, feiernde Jugendliche, Paare mit Blumensträußen, einsame Spaziergänger wie ich. Am Kino bildet sich eine Schlange. Vor einem beliebten Restaurant halten Autos, aus denen Männer mit Frauen in viel zu leichten Kleidern steigen. Unausweichlich kommt es mir vor, als fände all dies Treiben in weiter Ferne statt, in einer anderen, vergangenen Zeit.

Am Lampengeschäft biege ich in Richtung Kirche ab und beschließe, noch eine Runde über den Marktplatz zu drehen. Abends wird dort um diese Zeit oft Musik gemacht. Als ich am Marktcafé vorbeigehe, fällt mein Blick auf etwas Vertrautes. Ich kehre um, laufe langsamer und sehe Elena gleich am Fenstertisch sitzen. Mit glühenden Wangen schließt sie die Hände fest um die Teetasse, die vor ihr auf dem Tisch steht.

Sie hat einen Schal um den Hals gewickelt und seine Enden in ihren Wollpullover gesteckt.

Von der Straßenecke aus betrachte ich sie, und weiß, dass sie mich nicht sieht. Aber ich sehe sie, denn sie sitzt im Licht, und so sehe ich sie wirklich: strahlend und hell an diesem dunklen Abend.

Ich gehe einmal um den Block, biege links am Lampenladen ab und verlangsame vor dem Café meine Schritte. Elena ist noch da, immer noch allein, die Arme auf dem Tisch und im Gesicht ein erwartungsvolles Lächeln. Nachdem ich ein drittes und viertes Mal um den Block gegangen bin, ist ihre Freude verschwunden. Elena rührt aufgebracht in ihrer Tasse und sieht immer wieder zur Tür hinüber.

11

Lärm schlägt mir entgegen, und die Luft brennt in meinen Augen. Ich bleibe auf der Schwelle stehen, um mich an den Rauch und das Dämmerlicht zu gewöhnen. Das Café ist voll, es gibt nur wenige freie Plätze. Elena sitzt allein an ihrem Tisch. Eine Kellnerin trägt Bier und Teetassen. Ihr Tablett schwankt, die Gläser klirren und drohen jeden Augenblick umzukippen. Ich erinnere mich, dass dieses Café nach dem Krieg eröffnet wurde. Damals ging das Gerücht um, die Besitzerin habe einen deutschen Schatz gehoben. Jemand behauptete, an ihrer Wand hänge ein echter Renoir.

Ich kehre nicht um, sondern steuere auf Elenas Tisch zu, und niemand beachtet mich. Als ich neben ihr stehe, frage ich, ob der Platz noch frei ist. Elena wendet den Kopf und nickt zerstreut. Sie wirft einen Blick auf die Uhr und starrt hinaus in die Dunkelheit. Ich setze mich, lege aber meinen Mantel nicht ab, erkunde nur Elenas Gesicht, das halb im Schatten und halb im Licht liegt. Der Stuhl knarrt. Beinahe spüre ich ihre Bewegungen auf mich übergehen, ihren Atem auf meiner Haut. Elena war mir noch nie so nah, und es ist ganz anders als erwartet; meine Hände zittern nicht, ich bin ganz ruhig.

Er kommt nicht? frage ich nach einer Weile.

Elena zieht die Augenbrauen hoch.

Wer kommt nicht?

Der, auf den Sie warten.

Ja, vielleicht, ich weiß es nicht, sagt sie.

Der arme Junge stellt sich dumm an, bemerke ich, und Elena lächelt.

Glauben Sie?

Ich nicke und bestelle bei der Kellnerin einen Tee. Ich frage Elena, ob sie etwas trinken will, aber sie schüttelt den Kopf.

Ich gehe gleich, sagt sie.

Schade.

Elena schmunzelt.

Und auf wen warten Sie? erkundigt sie sich.

Auf meine Frau.

Die Tür geht, und Elena späht verstohlen über meine Schulter.

Wissen Sie, beginne ich, als ich noch jung war, in Ihrem Alter, lernte ich eine Frau kennen und verabredete mich mit ihr. Ich kam zu spät, warum, weiß ich nicht mehr, und sie war schon gegangen. Trotzdem hörte ich nicht auf, an sie zu denken und überlegte jeden Tag, wo sie wohl war und wie es ihr ging. Fünf Jahre nach diesem missratenen Rendezvous traf ich sie auf der Straße wieder. Ich lief hinter ihr her, rief ihren Namen, doch als sie sich umdrehte, sah ich, dass sie es gar nicht war.

Was geschah dann?

Am nächsten Tag haben wir geheiratet.

Wie? Verrückt, lacht Elena.

Ja, verrückt.

Die Kellnerin bringt meinen Tee und ein kleines Tablett mit Milch und Zucker. Vorsichtig setze ich die Tasse an die Lippen.

Kommt sie heute hierher? fragt Elena.

Ich schüttele den Kopf.

Meine Frau ist verstorben.

Aber Sie sagten doch, Sie warten?

Sie starb im letzten Herbst. Eines Tages ging sie einkaufen und brach auf der Straße zusammen. Als ich dort ankam, war sie schon tot.

Elena sieht mich verstört an.

Nach siebenundfünfzig Ehejahren kann man sich von manchem nicht mehr trennen, erkläre ich. Möchten Sie Tee?

Nein, danke, tut mir leid, lehnt Elena ab, ich muss jetzt wirklich los.

Vielleicht steckt er im Stau, versuche ich sie zu beruhigen.

Dort gibt es keinen Stau, sagt Elena und hat es plötzlich eilig. Sie wühlt in ihrer Handtasche, eine Puderdose fällt zu Boden, zerbricht, und Elena sammelt unter dem Tisch die Scherben ein.

Als ich mich umsehe, steht in der Tür ein junger Mann, derselbe, den ich vor zwei Wochen an ihrem Fenster gesehen habe.

Elena, rufe ich.

Verständnislos blickt sie mich an, in der Hand eine Scherbe, die im schummrigen Licht schimmert. Dann bemerkt sie ihren Freund und stößt beim Aufstehen an mein Milchkännchen, das schwankt und einen Moment lang aussieht, als würde es mir direkt in den Schoß kippen. Der Junge lächelt, Elena wirkt verletzt. Einander unsicher, umarmen sie sich. Ich stehe auf, und als ich an ihnen vorbeigehe, dreht Elena sich um, als wollte sie etwas sagen. Ihre Augen schwimmen in Tränen, und ihr Lächeln erinnert mich an einen strahlenden Herbsttag, wenn man im Meer noch baden kann, im Sand die Wärme des Sommers liegt und am Strand nur noch wenige Menschen sind. Doch sie wirken verloren, so wie viele, die nicht wissen, ob sie gehen oder bleiben sollen und schließlich in einem seltsamen Zustand verharren, in dem sogar das Atmen schwerfällt.

12

Auf dem Weg nach Hause bläst mir der Wind schneidend kalt ins Gesicht. Ich habe mit Elena über meine Frau gesprochen, die vor einem Jahr aus meinem Leben schied. Doch ich erwähnte nicht, dass ich im Januar zum Fluss hinunterwollte, auch nicht, dass ich am zwölften Januar aus Versehen an der fünften statt an der siebten Haltestelle ausstieg, durch den Park ging und sie dort sah. Damals geschah etwas mit mir. Sonst wäre ich weitergegangen, ins dichte Gehölz, den verschneiten Weg durchs vereiste Gras hinein ins Dunkel. An diesem Tag rettete mich Elena.

13

In einer Nacht wie dieser ist es sinnlos, an Schlaf zu denken. Es ist unmöglich, sich vor der Vergangenheit zu verstecken, wenn alles offenliegt, alle Enttäuschungen und Sehnsüchte, Erfüllung, Glück, und auch der ewige Schmerz darüber, dass etwas fehlt oder vergeht, der uns auch in glücklichsten Momenten erfasst, oder vielleicht gerade dann – wenn man glaubt, vor allem geschützt zu sein, und nicht möchte, dass sich etwas ändert: kurze Augenblicke, die das Leben über sich selbst hinwegheben, und in denen wir uns ebenso lebendig fühlen wie auf unerklärliche Weise untröstlich. Als der schwache Schein der Dämmerung ins Zimmer dringt, öffne ich die Lider, beobachte das Licht, wie es langsam über die Fensterbank wandert und alles transparent und unerreichbar wirken lässt.

Ich blicke hinaus in den Garten, am Fensterglas glitzern Tröpfchen, und bald ist es so hell, dass die Blätter gelb leuchten, als gingen die wuchernden Sträucher in Flammen auf. Vielleicht brennt auch die Stadt um mich herum, oder mein Verstand, wild jagende Gedanken. Ja, falsch gedacht, dass Gedanken im Alter nicht schnell sind, im Gegenteil. Erst dann fliegen sie wirklich und finden ihre endgültige Form, so wie die Sinfonien großer Komponisten.

14

Wie oft gehen Menschen aneinander vorbei und lassen nur einen Traum davon zurück, wie alles hätte sein können; zufällige Begegnungen, vorbeiziehende Augenblicke, die sich ins Gedächtnis brennen, um dann in der Alltagswelt unterzugehen, im Lärm der Autos, im Stimmengewirr, Geschrei und Getöse von der Baustelle gegenüber, wo an die Stelle alter Einkaufstempel neue Einkaufstempel gebaut werden. Aber noch ist von den neuen kaum mehr zu sehen als ein großes Loch mit Wasser am Grund und dichte Reihen rostfarbener Metallstreben an der Wand.

Doch hin und wieder geschieht etwas Unfassbares, Unerklärliches, etwas, das in den Lauf unseres Lebens eingreift und die Frage nach seiner Bedeutung stellt. Eigentlich ist dies nicht meine, sondern Elenas Geschichte – über das, was am Rande ihres Lebens geschieht, an der Grenze der wahrnehmbaren Welt, in der ich nur eine flüchtige Erscheinung bin, und in der unsere Wege sich für einen kurzen Augenblick kreuzten. Ich weiß nichts über Elena, sie nichts über mich, und doch hat sie mir das Leben gerettet; so ist zwischen uns etwas entstanden, das der eine Schicksal nennt, der andere Zufall und der dritte ein kompliziertes Zusammenspiel der beiden, was auch immer. Etwas, das sich für einen Moment verdichtet und wieder entfernt, wie die Schritte auf diesen dunkler werdenden Straßen. Und wie Jan mir schon sagte: Alles in der Welt verschwindet, doch nichts wird je vergessen. Deswegen bin ich voller Hoffnung.

Vierter Teil: Der Park

Ab und zu sehe ich Elena im Park oder in der Stadt. Im Vorübergehen ziehe ich den Hut, und sie grüßt zurück. Ich bin nicht sicher, ob sie sich an mich erinnert, immerhin trafen wir uns nur kurz damals im Herbst. Elenas Anblick weckt nicht mehr die gleiche Sehnsucht in mir. Es ist, als sei sie ein anderer Mensch geworden, eine von vielen jungen Frauen.

Es ist Winter. Bald wird es ein Jahr her sein, dass ich sie zum ersten Mal sah. Ich habe die Fenster abgedichtet, das leere Zimmer aufgeräumt, geordnet, archiviert und bin zum Schlafen vom Sofa zurück ins Bett gezogen. Ich war viel spazieren, denn dabei fällt das Denken leichter. Am besten gefällt mir die Route durch den kleinen Park, in dem die Straßenbahn fährt, bis hinunter zum Stadtrand. Dort gibt es einen Punkt, von dem aus der Blick weit in den Süden reicht – Äcker und Brachland, über denen sich große Stromleitungen kreuzen; bei dieser Aussicht fühle ich mich offen und frei.

Eines Tages entdecke ich in einer Schublade unter allerlei Papieren das Kästchen, das Jan liegen ließ und das ich ihm hätte nachschicken sollen. Ich betrachte die Schnitzerei, die den Rand ziert, und bewundere ihre kunstvollen Details. Dann öffne ich den Deckel und finde auf dem Boden ein weißes, doppelt gefaltetes Stück Papier. Es ist kein Brief, sondern eine Zeichnung. Unter einem Baum sitzt ein Mann, doch sein Gesicht ist nicht zu sehen. Eine Frau mit dunklen Haaren geht durch den Park. Sie sieht zu ihm hinüber.

Ich lege das Papier zurück in die Schachtel, schließe den Deckel, wärme meine Hände an der Heizung und denke an Greta, an Elena. Es ist alles in Ordnung, ich bin hier, einen Moment, vielleicht morgen noch. Am Nachmittag fällt Schnee, die Flocken wirbeln durchs Licht, bald liegt der ganze Garten unter einer Schneedecke, und die Äste der Bäume senken sich hinab zur Erde. Wenn es schneit, fällt Stille nieder, erklärte mir meine Mutter, als ich noch ein Kind war.

Joel Haahtela

Der Schmetterlingssammler

Roman. Aus dem Finnischen von Sandra Doyen. 176 Seiten. Piper Taschenbuch

»Am dritten April wurde mir in einem Schreiben mitgeteilt, dass ich eine Erbschaft gemacht hatte. Ich las den Brief wieder und wieder und war mir sicher, keinen Mann namens Henri Ruzicka zu kennen.« Wer ist der Fremde, der ihm das Haus mit der erstaunlichen Schmetterlingssammlung hinterlässt? Und welches Geheimnis verbindet den Erzähler mit Ihm? Ein Roman, so schillernd und geheimnisvoll wie ein Schmetterling.

»Dem Finnen Joel Haahtela ist ein wunderschöner, malerischer Roman gelungen, hintergründig und voller Sensibilität für seine Figuren.«
Neue Presse, Hannover

05/2431/01/L

Reinhold Bilgeri

Der Atem des Himmels

Roman. 320 Seiten. Piper Taschenbuch

»Heute ist die große Wende, mein Kind«, flüstert Viktor von Gaderthurn auf dem Sterbebett. Erna weiß, dass ihr Vater Recht hat. Nach seinem Tod verlässt sie das elterliche Schloss im Pustertal und tritt eine Lehrerstelle in Vorarlberg an. Als sie 1953 den kleinen Ort Blons im Großen Walsertal betritt, ist dies für die Witwe Flucht und Neubeginn zugleich. Sie freundet sich mit dem Leben der einfachen Bauern an und findet in ihrem Kollegen Eugenio Casagrande eine neue Liebe. Doch mit dem 11. Januar 1954 kommt ein weiterer Tag in ihrem Leben, der alles verändern wird, für immer. – Reinhold Bilgeri nimmt das historische Ereignis der Lawinen-Katastrophe, die in Blons 57 Menschenleben gefordert hat, zum Anlass, die Geschichte einer tragischen Liebe zu erzählen. Bilgeris packender Romanerstling ist Lokalchronik, Gesellschaftsstudie und Beziehungsroman zugleich. Und ganz nebenbei hat der Autor seine eigene Familiengeschichte mit hineinverwoben.

05/2427/01/R

Elia Barceló

Die Stimmen der Vergangenheit

Roman. Aus dem Spanischen von Stefanie Gerhold. 528 Seiten. Piper Taschenbuch

Als die Literaturwissenschaftlerin Katia Steiner in Rom den Nachlass eines bekannten Gelehrten ordnet, stößt sie auf ein rätselhaftes Dokument. Darin liest sie von Gemälden, die der Schlüssel zu einer längst vergessenen Zeit sind, und von einem geheimen Bund, dem »Club der Dreizehn«. Das ist für Katia der Anfang einer phantastischen Reise – eine Reise, die sie in eine völlig fremde Welt eintauchen und eine große, unbedingte Liebe entdecken lässt.

»Barceló beschwört mit wenigen Worten Stimmungen herauf und schafft Atmosphären, denen man sich als Leser nicht entziehen kann.«
Buchkultur

05/2426/01/L

Ann Patchett

Bel Canto

Roman. Aus dem Amerikanischen von Karen Lauer. 384 Seiten. Piper Taschenbuch

Abendkleider, Champagnergläser und die begnadete Operndiva Roxane Coss: der perfekte Rahmen für eine unvergeßliche Geburtstagsfeier. Plötzlich fallen Schüsse, und alles nimmt ein jähes Ende. Abgeschnitten von der Außenwelt und in tödlicher Gefahr, durchlebt die exklusive Gästeschar die Schrecken einer Geiselhaft – und zugleich die kostbarsten Momente ihres Lebens durch die Kraft der Musik. War es die Hölle oder der Himmel auf Erden?

»Eines jener seltenen Bücher, die man sich eigentlich zwischendurch verbieten möchte, damit man sie nicht so schnell verschlingt – und so lange wie möglich im Paradies bleiben darf.«
Brigitte

Ausgezeichnet mit dem PEN/Faulkner Award und dem Orange Prize for Fiction.

05/2398/01/R

Olivier Adam

Klippen

Roman. Aus dem Französischen von Carina von Enzenberg. 240 Seiten. Piper Taschenbuch

Ein junger Schriftsteller vor der dramatischen Kulisse der Felsklippen von Étretat: dort, wo zwanzig Jahre zuvor seine Kindheit ein jähes Ende genommen hatte, als sich die Mutter zu Tode stürzte. Einzig die Liebe von Claire und die gemeinsame Tochter Chloé erlauben es ihm, die Vergangenheit hinter sich zu lassen … Vielfach preisgekrönt, steht Olivier Adam mit diesem poetischen, starken Text in der ersten Reihe der europäischen Gegenwartsautoren.

»Olivier Adam hat mit ›Klippen‹ einen Roman abgeliefert, der vom ersten Satz an beglückt mit seiner klaren, kargen Sprache, nicht ohne zugleich tief zu berühren und zu verstören.«
Frankfurter Allgemeine Zeitung

05/2411/01/L

Olivier Adam

Keine Sorge, mir geht's gut

Roman. Aus dem Französischen von Carina von Enzenberg. 192 Seiten. Piper Taschenbuch

Lilis geliebter Zwillingsbruder Loïc ist weg. Nach einem Streit hat er die Familie verlassen. Alles, was Lili bleibt, ist hin und wieder eine Postkarte. Eines Tages macht sie sich von Paris Richtung Meer auf, um Loïc zu suchen – und entdeckt dabei ein schönes, trauriges Familiengeheimnis … Adam Oliviers feinsinniger Debütroman erreichte in Frankreich Kultstatus.

»Alles an diesem Text schwebt: die zarte Heldin – Gefühle, Gedanken und Sehnsüchte. Olivier Adam ist es gelungen, das Wesentliche, die Melancholie der Beziehungen, zu erzählen.«
Der Spiegel

05/2412/01/R

PIPER

Maarten 't Hart
Der Schneeflockenbaum

Roman. Aus dem Niederländischen von Gregor Seferens.
416 Seiten. Gebunden

Vom ersten Tag an war seine Mutter misstrauisch gewesen gegenüber der »dürren Missgeburt«, wie sie seinen Freund Jouri immer nannte. Als Sohn eines Kollaborateurs hatte Jouri in den Niederlanden der Fünfziger Jahre wahrhaftig nicht viel zu lachen, genauso wenig wie der Erzähler selbst, der mit seinem eigensinnigen Humor und seinen Darmwinden Mitschüler und Lehrer quälte. Als sich dann einmal die kleine Ria Dons tapfer an seine Seite stellt und ihm, gegen Bezahlung von fünf Cent, sogar erlaubt sie zu küssen, ist das der Beginn einer schmerzlichen Erfahrung – denn Jouri zerreißt das zarte Band und spannt ihm ungerührt die Freundin aus. Voller funkelnder Lust am Erzählen ist »Der Schneeflockenbaum« ein Roman um verlorene Liebe, ein lebenslanges Missverständnis und eine unerklärliche Freundschaft.

01/1854/01/L

PIPER

Alissa Walser

Am Anfang war die Nacht Musik

Roman. 256 Seiten. Gebunden

Wien 1977. Franz Anton Mesmer ist der wohl berühmteste Arzt seiner Zeit, als man ihm einen scheinbar hoffnungslosen Fall überträgt: Er soll das Wunderkind Maria Theresia heilen, eine blinde Pianistin und Sängerin. Als er das blinde Mädchen in sein magnetisches Spital aufnimmt, ist sie zuvor von unzähligen Ärzten beinahe zu Tode kuriert worden. Mesmer ist überzeugt, ihr endlich helfen zu können, und hofft insgeheim, durch diesen spektakulären Fall die ersehnte Anerkennung der akademischen Gesellschaften zu erlangen. Auch über ihre gemeinsame tiefe Liebe zur Musik lernen Arzt und Patientin einander verstehen, und bald gibt es erste Heilerfolge …
In ihrer hochmusikalischen Sprache nimmt Alissa Walser uns mit auf eine einzigartige literarische Reise. Ein Roman von bestrickender Schönheit über Krankheit und Gesundheit, über Musik und Wissenschaft, über die fünf Sinne, über Männer und Frauen oder ganz einfach über das Menschsein.

01/1844/02/R